DO FASCÍNIO AO FASCISMO

Varneci Nascimento

DO FASCÍNIO AO FASCISMO

alameda

Grafia atualizada segundo o Acordo Ortográfico da Língua Portuguesa de 1990, que entrou em vigor no Brasil em 2009.

Edição: Haroldo Ceravolo Sereza
Editora assistente: Danielly de Jesus Teles
Projeto gráfico, diagramação e capa: Mari Ra Chacon Massler
Assistente acadêmica: Tamara Santos
Revisão: Alexandra Colontini
Imagem da capa: Xilogravura de Nireuda Longobardi

CIP-BRASIL. CATALOGAÇÃO-NA-FONTE
SINDICATO NACIONAL DOS EDITORES DE LIVROS, RJ

N199d

Nascimento, Varneci
Do fascínio ao fascismo / Varneci Nascimento. - 1. ed. - São Paulo : Alameda, 2021.
; 21 cm.
Inclui índice
ISBN 978-65-5966-063-6

1. Poesia brasileira. I. Título.

21-73399 CDD: 869.1
CDU: 82-1(81)

ALAMEDA CASA EDITORIAL
Rua 13 de Maio, 353 – Bela Vista
CEP 01327-000 – São Paulo, SP
Tel. (11) 3012-2403
www.alamedaeditorial.com.br

SUMÁRIO

Do fascínio ao fascismo

Pensava que este Brasil
Fosse um mar de civilismo,
Mas de repente a loucura
Misturada ao barbarismo
Trouxe a nuvem nebulosa
Do fascínio ao fascismo.

Vimos dois mil e dezoito
Com a polarização
Causar a maior fissura,
Nas bases desta nação,
Entre milhões de patrícios
Estrondosa divisão.

A maior onda de ódio
Espalhou-se abertamente
A ferocidade atrás,
A intriga pela frente
Liderada por um homem
Pusilânime, prepotente.

Membros do Cristianismo
Renegaram a lucidez
Trocaram a Bíblia Sagrada
Na arma da insensatez
Fazendo com Jesus Cristo
Conforme Pilatos fez.

Quem outrora já pregara:
Jesus padeceu no horto
Para dar ao pecador
A salvação e conforto
Disse que bandido bom
É melhor estando morto.

Rasgou a misericórdia,
A favor do convertido.
Refez o velho conceito,
Pelo falta de sentido.
Defendendo sem pudor
A morte para o bandido.

O amor por Jesus Cristo
Converteram em pleno ódio
Usando o nome do mestre
No mais medonho episódio
Colocando o extermínio
No lugar alto do pódio.

O mandamento de Cristo
Ordenando não matar
Trocado arbitrariamente
Por alguém incentivar
Cada brasileiro a ter
O direito de se armar.

As palavras repetidas
Reavivaram esse carma:
Nosso cidadão de bem
O governo não desarma,
Pois qualquer homem de bem
Em casa deve ter arma.

Apesar da impertinência
Dessa tosca liderança
Provocou devagarinho
Aquela falsa esperança:
Que de fato portar arma
Pode trazer segurança.

Alimentou-se essa chaga
Com as pessoas gostando
Doutrinadas e enganadas
Foram internalizando
Pelas mentes doentias
A maldade se instalando.

As doses de sua fúria
A princípio homeopáticas
Aumentaram de tamanho,
Sendo menos pragmáticas
Lançando as ervas daninhas
Em quantidades dramáticas.

Os mais influenciáveis
Propensos a violência
Deixaram o fascismo interno
Prorromper como evidência.
Sem perceber o perigo
Nefasto desta influência.

Sem nenhuma compostura
Dizendo açodadamente
Pelas redes sociais
Divulgando amplamente
Caiu no gosto das massas
O gosto mais deprimente.

O corrupto prometendo
Combate à corrupção
Nos sem cabeça da vida
Teve enorme aceitação,
Numa fala desprovida
De séria argumentação.

ELE
NÃO

Essa fala encontrou eco
Nos anseios sociais
Despertou a vilania
Dos instintos bestiais
Dando vazão aos impulsos
Semelhante aos animais.

Quase ninguém quis saber
Como este homem enricou.
Se foi nas tetas do Estado
Que esta besta mamou.
Na mentira por verdade
Muita gente acreditou.

Com o discurso fajuto
Houve identificação.
Embora o seu falador
Seja o mais cínico ladrão
Convenceu pela tolice
Parte da população.

Sem maior reflexão
Embarcou fácil na onda
Quem só ver as aparências
Por dentro nunca ele sonda
As regras do caçador
No redil fazendo ronda.

Nos vídeos mais inflamados
Espalhou seu preconceito
Dizendo que o povo preto
Não é digno de respeito:
"Nem para procriação
Esse povo leva jeito".

Da maneira mais esdrúxula
Criticou ao quilombola.
Numa cabeça idiota
A burrice deita e rola
Não diz nada convincente,
Mas o povo come a bola.

Pelas ofensas aos pretos
Debilmente conquistou
Branco preconceituoso
Que aplaudiu e gostou
Sem pensar nenhuma vez
Contra si mesmo votou.

"Negro se pesa em arroba"
Mesma medida de gado
Proferiu essa sandice
Achando até engraçado
Quem pensava deste jeito
Foi no laço cooptado.

Qualquer ser alienado
Com isto se identifica,
Explicando essa opção
Cada vez mais se complica
O fato de achar normal
A burrice quadruplica.

Porém você se pergunta:
Como quem possui cultura?
Apoia alguém desse nível
Antes disso não mensura
Não consegue perceber
Seu estado de loucura?

Na vivência social
Todo mundo está propenso
A se equivocar na luta,
Fugindo até do consenso,
Pois nem todo inteligente
É provido de bom senso.

Muitas pessoas do bem
Apoiaram o Nazismo
Sem perceber os meandros
Daquele absolutismo,
Preferindo o preconceito
Ao invés do altruísmo.

O mais terrível de ver
Nessa falta de postura
São amigos aplaudindo
Numa insanidade pura.
Quem defende o extermínio,
É dono de uma alma impura.

Jamais pensei que a nação
Considerada gentil
Fosse escutar tanta asneira
Deste homem tão hostil
Capaz de negar o Golpe
Militar dado ao Brasil.

É quase um desequilíbrio
Não chamar de Ditadura
Querendo esconder os crimes
A mais excêntrica figura
Obrigando a perguntar-nos
Ele sofre de loucura?

Afirmou que a ditadura:
"Errou por menos fuzil
Teria sido mais útil
Se fosse menos servil
E tivesse exterminado
Na base de uns trinta mil".

As pessoas nem ligaram
Por tamanho desserviço.
Acharam ser brincadeira
Ou falta de compromisso,
Mas como em caso tão sério
O povo não pensou nisso.

Sem combate, o fascismo
Pode ir longe demais;
Incentiva o extermínio
Dos homossexuais
Considera as minorias
Suas maiores rivais.

Esse inominável disse:
"Eu prefiro ver morrer
Qualquer um desses meus filhos,
Se acaso desejar ser
Um gay, eu darei meu jeito,
O melhor será bater".

"Ninguém não gosta de gay"
Sempre bradou ferozmente:
Devido a considerar
Tais pessoas, menos gente,
"Qualquer homoafetivo
De certo modo é doente".

Colocações desmedidas
Suscitaram agressões
Contra várias minorias
Sem contar humilhações
Pelos sequazes asseclas
Destas suas aberrações.

No passado deste ser
Ver-se enorme desalento
Por defender a família
Na base do fingimento
Falando de tradição
No terceiro casamento.

Dentro do apartamento
Chamado de funcional,
Às custas do erário público
Fez seu íntimo bacanal
No entanto, fingiu ser
Paladino da moral.

Em relação às mulheres
É mestre na tirania.
Já votou contra as domésticas
Na PEC que se exigia
Os direitos trabalhistas
Em clara misoginia.

"Mulher deve ganhar menos"
Sem nenhum pudor aduz,
Pois além de sexo frágil,
Engravida e reproduz
Chamando de inferior
O ser que lhe deu a luz.

Para ver quanto à pessoa
É muito despreparada
Na votação do impeachment
Na fala destemperada:
"Quero ver Dilma Rousseff
A qualquer hora enfartada."

Completou seu voto insano,
Na falta de compostura
Fazendo a triste homenagem
Ao terror da Ditadura
Citando Brilhante Ustra
O coronel da tortura.

"Terror de Dilma Rousseff"
Altissonante bradou
Na memória desse crápula
Um outro crápula votou
Diante da ignomínia
A Câmara não lhe cassou.

Apologia a tortura
É crime sabidamente.
No Brasil do pode tudo
Cercado de delinquente
O parlamento aplaudiu
A fala desse demente.

Por essa fala misógina
Alguém escutando assim,
Se não houve punição,
Com ele não tem a mim.
A memória reativa
A ponta deste estopim.

Quem pensa tal absurdo
Ouvindo a torpe mensagem
Reveste-se na fraqueza
De alguma fera selvagem.
Sai imitando o seu "mito"
Só proferindo bobagem.

Naturalmente as pessoas
Com inclinações hostis
Ganharam musculaturas
Com os pensamentos vis
Repetindo as mesmas falas
Estúpidas quanto imbecis.

Em nosso Brasil racista
Muitos acham inferior,
Favelado, preto, indígena,
Mas louva torturador
Trata melhor seu cachorro
Do que um trabalhador.

Se qualquer autoridade
Defender que o caminho
A favor do crescimento
É matar um "bocadinho"
A prisão devia ser
Sua morada e seu ninho.

O gatilho da memória
Desarma-se na tendência
De externar com coragem
O viés da truculência.
Se ele fez também posso,
Incutir na consciência.

O que antes pelo medo
Já considerava errado,
Mas recebendo incentivo
De um ser mitificado
Com seu instinto ruim
Vai se sentir amparado.

Depois de entrar na onda;
De formar opiniões
Os asseclas seguem atrás
Formatando as traições
Ditas por vários doentes
Adoecem os corações.

A edição desse filme
Na Alemanha, estreado
Achou em Adolf Hitler
O discurso apropriado,
Acreditando no louco,
Já se sabe o resultado.

No Brasil, infelizmente
Vimos quadro parecido
Pela crença na figura
De um homem apodrecido
Dono do passado sujo
Com seu histórico fedido.

Vejamos quais os motivos;
A razão nacionalista;
Afirmações puritanas;
Pegas na fonte racista
Empurraram a Alemanha
Para a tragédia nazista.

ELE
NÃO

Os alemães, dessa época,
Perderam a fé no sistema
Considerando a política
Seu verdadeiro problema
Ao decidir resolvê-lo
Caíram na vala extrema.

A jovem democracia
Do rico povo alemão
Só lhe causava desgosto
Por isto tanta adesão
As ideias onde o Hitler
Propunha transformação.

Buscando a ante-política
Preferiram a insanidade
Sem saber qual era o preço
Lançaram-se a novidade
Porque Hitler prometia
A mudança de verdade.

Usando linguajar tosco
Como o caso brasileiro
Atacando as minorias,
Vocabulário grosseiro;
As notícias mentirosas;
Todo dia, o tempo inteiro.

Espalhava Fake News
Semelhante aos atuais
Fizeram massivamente
Não por redes sociais,
Mas na campanha ostensiva
Em folhetos e jornais.

Todo mundo achava graça
Do tirânico doente
Com suas frases de efeito
Cada qual mais deprimente,
Mal sabiam os alemães
Desse perigo iminente.

Várias pessoas sorriam
Diante do despautério.
Ele quer chocar o povo
Usando aquele critério
Doutrinando a conta gotas
Na base do impropério.

Embora Hitler fizesse
Declarações ultrajantes
Soavam como piadas
Tais palavras aberrantes
Com o tempo conquistou
Asseclas muito importantes.

Aquele soldado raso
Não cansava de dizer:
Ciganos, gays e judeus
Não servem para viver
E quem segue a Jeová
Também deverá morrer.

Ninguém nem desconfiava
Como a desgraça viria.
Ao começar pôr em prática
Perceberam a covardia
Quando fecharam os ouvidos
Para o que Hitler dizia.

Pelo fenômeno das massas
Os ricos o aderiram
Porque beneficiadas
Sem demora se uniram
Em prol do plano macabro
Aceitaram e progrediram.

Hitler logo implementou
A prática clientelista
Pela cleptocracia
Comprou a classe elitista.
Por tabela teve apoio
Do setor protecionista.

Os industriais ganharam
Os contratos suculentos
A grana vedou os olhos
Aos estranhos movimentos
Habilmente planejados
Para provocar tormentos.

No Brasil o mesmo filme,
Nos setores elitistas.
Apoiaram o personagem
Com posturas extremistas,
Ignorando de fato
Suas tendências fascistas.

Antes de ocorrer o pleito
Hitler já era escabroso,
Por conta das posições
Aquele ser monstruoso,
Sem esconder foi ficando
Cada vez mais perigoso.

Porque seus apoiadores
Ameaçavam oponentes
Quem se colocasse contra
As loucuras evidentes
Seria submetido
A castigos inclementes.

Por medo da tirania
Muitas vozes se calaram
Sem força para enfrentarem
Os males que encontraram
Ao perceberem a cilada
Um alto preço pagaram.

No Brasil se deu o mesmo
Diante da excrescência
Nós vimos pessoas boas
Nadarem na inconsciência
Preferindo anular voto
Na total incoerência.

As promessas do fascismo
Inclui maldade, censura.
A supressão dos direitos
Em privilégio da usura
Exílio aos seus oponentes
E a perseguição mais dura.

Colocações arbitrárias
São praxes nos ditadores
Não admitem o contrário
Tampouco contestadores
Só desejam aniquilar
Seus fiéis opositores.

O fascismo corroendo
Instala-se na nação
Com o Partido Nazista
Se fizer comparação
Abordagens populistas
Conquistam a população.

O de lá como o daqui
Apesar de aberrações
Alcançaram o poder
Promovendo divisões
Prometendo disfarçado
As melhores intenções.

O resultado do voto
Naquele partido infausto.
Como voto de protesto
Contra seu sistema exausto.
Foi seis milhões de pessoas
Mortas pelo holocausto.

O Brasil entrou na rota
Do mesmo risco mordaz
Preferindo o inominável,
Bronco, imbecil, incapaz.
Hitler falou depois fez,
O daqui, será que faz?

Na Alemanha, a história
Retrata a maior tragédia
O racista e homofóbico
Governando sem ter rédea
Fez o país retornar
Para a Velha Idade Média?

Justo porque apostaram
No excêntrico palafrém
Toda Alemanha embarcou
Até com certo desdém
Hitler executou seu plano
O daqui fará também?

Ciganos, gays e judeus
Em um recente passado
Por causa do mau político,
Doido e desequilibrado.
No campo de extermínio
Esse povo foi jogado.

O voto é a forte arma,
Contra todo barbarismo,
Mas às vezes é usado
Em nome do fanatismo
Ou para legitimar
Aos feitores do sadismo.

As insanidades surgem
Travestidas de direitos.
Os nazistas alemães
Pelos nefastos conceitos
Não tomaram o poder,
Pelo povo foram eleitos.

Num projeto bem urdido
Convencendo a maioria
Julgaram ser o melhor
No conjunto que se via
Esse projeto assassino
Passou por sabedoria.

Empurrando a Alemanha
Na rota destruidora
Viu-se o Nazismo apoiado
De forma avassaladora
Até mesmo por judeus
E a parte conservadora.

Quem nunca teve importância
De repente passa a ter
Igual o tirano Hitler
No brasileiro se ver
O fascínio pela fama
Ser chamado de Fuhrer.

A semelhança de Hitler
O Hitler daqui também
Não possui projeto claro
Visando fazer o bem
Pela falta de preparo,
E clareza, que não tem.

O ditador do Nazismo
Tinha o palavrório feio
Falando a sua verdade
Só enganando o alheio,
Porém a boca só fala
Do que o coração é cheio.

Seu projeto de governo
Ele nunca apresentou
Tinha quatro ou cinco páginas
Coisa que nunca explicou,
Mas espalhar Fake News
Nisto se especializou.

Agredindo candidatos
Pelas redes sociais
Contratou um americano
Perigoso até demais
Para coordenar ataques
Pelos meios virtuais.

Fazendo gesto de arminha,
Incitando a militância
Agredir opositores,
Com toda beligerância.
E esse discurso tosco
Encontrando ressonância.

Sua linguagem de ódio
Fazendo ferrenha crítica
Defendendo uma moral
Rigorosa na política
Um asno na economia
Imagine em geopolítica.

Na vida parlamentar
Foi só mero carreirista
Ao perceber no Brasil
Cheiro de onda extremista
Soube se aproveitar dela
Numa prática oportunista.

Vendo o descontentamento
Feito Hitler veio se impor
Numa fala de dureza
Agradando ao eleitor
Venceu impondo a bandeira
De um grande salvador.

ELE NÃO

Na véspera da eleição
O Hitler foi baleado,
O daqui pôs um colete
Fingiu-se de esfaqueado
Usando esse vitimismo
Comoveu o eleitorado.

O capitão defensor
De balaço e bangue-bangue,
Alguém sozinho nele fez
Sem precisar duma gangue
A grande simulação
Duma facada sem sangue.

Com uma folha de papel
Se acaso alguém se cortar,
Precisa encontrar um jeito
Para o seu sangue estancar.
Imagine uma peixeirada,
Nem sequer, sangue pingar?

Ele tinha outra doença,
Mas inventou a facada
Para fugir dos debates
Por não saber falar nada.
Boca cheia de besteira
É melhor ficar calada.

Esse ataque que não houve
Causou grande piedade,
A mídia inteira mostrando,
A farsa virou verdade
Ganhou mais a compaixão
Da nossa sociedade.

O povo foi esquecendo
Cada fala deprimente:
"O coitado foi ferido,
Quase morre pela gente,
Por isso deverá ser
Nosso próximo presidente".

O efeito da facada
Transformou-se em comoção,
Faltou racionalidade
Maior da população
Terminou prejudicada
Votando pela emoção.

Um médico oncologista
Cuidando dessa figura.
Estranho o doutor de câncer,
Tratar de faca que fura.
É tão óbvio quanto a água
Com óleo não se mistura.

Você mesmo eleitor dele
Vamos vislumbrar a cena:
Com quem está bom e forte
A simpatia é pequena
Levando facada ou tiro
Ao certo provoca pena.

Aconteceu deste jeito
Sem contar a falcatrua.
De espalhar Fake News
Na internet e na rua
Sua empresa de mentira
Fez campanha até na lua.

A grande mídia tornou-se
A companheira aliada
Com a imagem do PT
Totalmente desgastada
Com a esquerda desunida
A queda foi preparada.

Como é pobre de atributo,
Sem nada fenomenal,
Contudo, como e por que
O incentivador do mal
Conquistou até cristãos
Só falando em arsenal.

Pelas falas desconexas
Só gerou desconfiança
Em defesa da inocência
Em total destemperança
Foi capaz de pôr a arma
Nas mãos de uma criança.

Votantes da Fake News
Caminharam na mentira
Espalharam confusão,
Com indecência na mira,
Lobo fingido a cordeiro
Filho amantíssimo da ira.

Quem aceitou os engodos
Dessas argumentações
Daquele político fraco
Exceto nas invenções
Espero que encontre paz
Em seus frágeis corações.

Nosso tempo é diferente,
Pois nos tempos atuais
As notícias correm rápido
Sem o tempo dos jornais
Pela força da internet
Com as redes sociais.

Muitas pessoas afirmam
Que Hitler pelo Nazismo
Concebe a ideologia
Voltada ao Socialismo.
Porém isto é uma mentira
Parida no idiotismo.

À questão socialista
Hitler jamais foi ligado,
Pois só havia o vocábulo
Socialista empregado.
No nome do seu partido
De um modo equivocado.

O segundo ponto disso
É pela estatização;
Propriedade privada
Ausente de produção
Nessas duas razões básicas
Começou-se a confusão.

Tem quem queira definir
A causa de forma eclética,
Mas o Nazismo nasceu
Sem nenhuma base ética
Contrário ao Socialismo
Da União Soviética.

Pois o partido Nazista
Defendia o capital
Todo o mercado sem regra
Sendo ultraliberal
Em prol de sua fatia
Na panela mundial.

Entre a polarização
Nasceu à terceira via
Com afirmações cruéis
As quais ouvindo angustia
Para depois no poder
Impor a selvageria.

O despótico europeu
Como Hitler do Brasil
Surgiram sem ter propostas
Afinal todo imbecil
Jamais pode conceber
Uma tese varonil.

Do Exército ao Parlamento
Age de maneira escusa
Feito o ditador austríaco
O sósia daqui abusa
Pelo projeto de ambos
Ser a coisa mais confusa.

Hitler nunca escondeu
A falta de polidez
Tudo quanto falou antes
Já sendo chanceler fez
Provando ser a figura
Mais torpe na sordidez.

Semelhante ao nazista
Falou de maneira franca:
De botar as minorias
Segregadas na retranca
Ambos tem a mesma fonte
Da supremacia branca.

Se por acaso tem dúvida
É melhor parar de manha
Abrir seu olho esperando
Pela nova fase estranha
Porque nas falas imita
O Hitler da Alemanha.

O Brasil de ponta a ponta
Foi largamente avisado
Sobre o perigo iminente
Desse déspota consagrado.
Saberão pedir desculpas
Se o projeto der errado?

O capanga da milícia
Julgou e mandou prender,
O ex-presidente Lula
Com as chances de vencer.
Um ministro do Supremo
Não lhe deixou concorrer.

A justiça corrompida
Atropelou o direito
Condenaram e proibiram
A sua entrada no pleito.
Pois se ele disputasse
O ogro não era eleito.

ELE NÃO

A pessoa fascinada
É como quem se apaixona,
Não consegue ver defeito,
Nada contra impressiona
Pelo mito defendido
Topa qualquer maratona.

A gangue do candidato
Prostrado no rico leito.
Só espalhando mentira
Com tanto robô suspeito.
Sem gastar grana e deitado
Do hospital foi eleito.

Em seguida após a posse
Começou a canalhice.
Sem a postura adequada
Só praticando sandice
Fazendo toda ruindade
Que antes da posse disse.

Foi expulso do Exército
Deve ser por ser tão rude
Acabou com o Mais Médico
Quem votou, achou virtude?
Mesmo sofrendo no caos
Deplorável da saúde.

Outro corte drástico fez
Dentro da educação.
Este setor estratégico
Atacado sem razão
E colocou dois ministros
Inaptos nesta função.

"Ministério do trabalho"
Foi o primeiro a fechar.
Disse que o trabalhador
Do Brasil deve optar,
Se prefere mais direito
Ou precisa trabalhar.

Com nossa rica Amazônia
A coisa vai muito mal,
Quer desmatar a floresta
Para fazer capinzal
Porque não entende nada
Da questão ambiental.

A liberdade de imprensa
Constantemente atacada
Por quem ela defendeu
Ver-se agora enlameada.
O presidente lhe dando
Toda hora uma bananada.

Ele nem suporta ouvir
O nome de jornalista,
Se algum fizer pergunta,
Espinhosa, caso insista
Pela resposta, se zanga,
Já encerra a entrevista.

Continua defendendo
Os vilões da ditadura
Fazendo sua apologia
Ao crime da tortura
Sem que ninguém faça nada
Contra essa tosca figura.

ELE
NÃO

Cada correligionário
Aprenda amainar o grito,
O escolhido ao Planalto,
Não fez nada de bonito,
Deu-se conta que o fantoche,
Não possui nada de mito?

O mito é o personagem
Que fica no imaginário
Do povo a quem ele fez
Algo de extraordinário,
Nunca destilando o ódio
Semelhante a um otário.

Todo líder é servidor
Ao menor do seu país.
Sem semear a discórdia,
Dá proteção aos guris
Doa-se em prol do povo
Para vê-lo mais feliz.

Quem se cala ao se exigir
Aumentar o tom de voz
Suja-se na mesma lama
Do esgoto do feroz
Omissão dá aos covardes
O mesmo status de algoz.

Se as promessas divulgadas
Forem realmente feitas
Recairá em milhões
O estigma das suspeitas
Porque nas várias estradas
Não preferiram as estreitas.

Não torço pelo pior,
Quero o bem do meu país,
Contudo quem falou tanto
Usando os gestos hostis
É impossível não crê
Nas aberrações que diz.

Se em quase trinta anos
De teta parlamentar
Não teve a capacidade
De sequer apresentar
Algum projeto vultoso,
Como agora vai mudar?

É difícil acreditar
Na diferente postura
De alguém que ao falar
Faz a terrível mistura
De burrice com maldade
Tudo numa só figura.

Ninguém é tão inocente
Exceto se ficou vário
Para duvidar de quem
Transformou no pão diário
O ódio e a intolerância
Embora desnecessário.

Pense num miliciano
Revestido de poder.
Nunca fez nada de bom,
Mas o ruim fala em fazer
Caso tenha as condições
Negará seu proceder.

Em nome da truculência
Este homem se elegeu
Tem feito tudo conforme
Pela net prometeu
Enxovalhando as pessoas
O ódio dele venceu.

O fracasso no mandato
Cabe mesmo nesta escória
É somente retrocesso,
A coisa mais vexatória
Desse governo medíocre,
Indigno a qualquer história.

Vários eleitores dele
Continuam no fascínio.
Apesar de sua maldade
Pobreza de raciocínio?
Retorne a normalidade
Para ter autodomínio.

Ainda possui coragem
De aplaudir o presidente?
Apesar da sua política
Você dorme normalmente
Senão se arrependeu,
Você é sádico e doente.

É normal uma pessoa
Praticar tanta maldade?
E seus asseclas julgarem
Como naturalidade
O que pensa, fala e faz
Essa tosca autoridade.

Esse país gigantesco
É digno de um presidente
Capaz de honrar o cargo
De maneira competente
Fazendo o mais necessário
Pelo bem de nossa gente.

Quero as armas mais vendidas
Dentro da nossa nação
Aquela chamada livro
Nas mãos da população
A moradia de sobra
Com mesa farta de pão.

Senhor mito e sua claque
O que sai da minha lavra
De escrita não indico,
Para quem só escalavra.
Não venha ler o meu livro
Porque tem muita palavra.

Não tem fake de piroca
Nem mentira deslavada
Nem fingimento cristão
Tampouco a Bíblia rasgada,
Pois ela tem muita letra
E você nunca leu nada.

Não adiantou campanha
Nem Hashtag "ele não"
O povo embarcar na onda
Em tosca alucinação
Com arminha e Fake News
Ganhou na enganação.

Como uma figura abjeta
Fascinou a tanta gente?
Sem um discurso atrativo
Sem projeto consistente
Conseguiu atrair votos
Para ser o presidente?

Desprovido ao extremo
Como chamou atenção
Fazendo gestos de arma,
Conquistou tanto cristão
Qual o poder de fascínio
Em tamanha aberração.

Ideologia de gênero
Que você tanto espalhou
Vendeu aos seus seguidores
E essa gente acreditou.
Feito as armas do Iraque
Que ninguém nunca encontrou.

Se nem mesmo O Intercept
Pôde abrir sua cabeça,
Com tantas revelações,
Talvez em breve endoideça
Ou encontrar uma resposta
Conforme você mereça.

A coisa já estava péssima
De repente uma pandemia
Espalhou-se no planeta
Causando selvageria
E o líder brasileiro
Tratando com zombaria.

Já com milhares de mortes
O presidente sem linha,
Ele fez uma piada
Com a doença todinha.
Afirmou para a nação:
"Não passa de gripezinha."

A doença se espalhou
Matou tanto brasileiro,
Quando perguntado sobre,
Disse de modo grosseiro:
"Eu vou lá saber de morte,
Por acaso eu sou coveiro?"

A toupeira comprovada
Meteu-se na medicina
Querendo imitar o Trump
Sem cultura determina
Que os doentes brasileiros
Devem usar cloroquina.

Por conta dessa insistência
Dois ministros seus saíram
Por não se submeterem
Também porque resistiram
A quebra do isolamento
Eles dois não se traíram.

Nunca soltou uma nota
Solidária ao lamento
Sofrido pelas famílias
Que viveram esse tormento
De perder uma pessoa
No meio do sofrimento.

Mas além da pandemia
Outra crise sem igual
Abalou o seu governo
Criminoso e sem moral
Pela sua interferência
Na Polícia Federal.

Moro saiu disparando
Essa grave acusação
Que as provas estariam
Na grande reunião
No vídeo que foi aberto
A toda população.

Para quem "mitou" no voto,
Fica aqui o meu registro
Contra este governo insano
Repudio cada ministro
Na formação de quadrilha
Ao lado do ser sinistro...

Nunca mais a ditadura

Preserve bem na memória
O ano sessenta e quatro,
Pois longe de ser teatro,
É peça chave da história.
Uma mancha vexatória,
Revés que não se mensura,
Começo da época dura
Do período militar,
Golpe que nos faz gritar:
Nunca mais a ditadura.

Jânio Quadros fora eleito
Meses após, desistiu,
Jango, seu vice, assumiu
O mandato, por direito,
Contudo, cassaram o pleito
Sem ter a menor lisura,
Numa péssima aventura
Rasgaram a Carta das Leis,
Sem nenhuma timidez
Nunca mais a ditadura.

O Exército Brasileiro,
Posando de pacifista,
Articulou, foi golpista,
Condenável, desordeiro.
No chão do país inteiro,
Patrocinou a censura,
Pelos porões da tortura,
As pessoas padeceram,
Em nome das que morreram,
Nunca mais a ditadura.

Fingindo-se, os salvadores,
Dezenas de generais,
Almirantes, marechais,
Tornaram-se transgressores,
Promoventes de horrores
No quartel, na viatura,
Teve morte prematura
Numa desprezível prática,
Contra essa forma dramática,
Nunca mais a ditadura.

Sustentados na mentira,
Nos meandros da maldade,
No quesito crueldade,
Atingiram a pior mira.
Do doutor ao caipira,
Que falasse, porventura,
Contrário a tanta loucura
Do regime repressor,
Pelo combate ao terror,
Nunca mais a ditadura.

Intolerância, maus tratos
Servidos nos seus banquetes,
Das prisões aos palacetes,
Surgiram tantos ingratos,
Militares insensatos,
Donos duma alma impura
Promoviam a cortadura,
Batiam, dando risada.
Contra a perversa cilada,
Nunca mais a ditadura.

Pelos seus modos cruéis,
Se as paredes falassem,
Se elas denunciassem
Os nomes dos coronéis,
As mobílias dos quartéis
Fariam literatura,
Explicando a estrutura
Do reles militarismo.
Pelo repúdio ao cinismo,
Nunca mais a ditadura.

Se algum soldado raso
Abrisse a boca um segundo,
Causava estrago profundo
Nessa anistia do descaso,
Pois existe tanto caso
Clamando pela abertura,
Da morte em afogadura,
Ou cadeira do dragão.
Pela indigna repressão,
Nunca mais a ditadura.

Um Exército de algozes
Planejou boicote à arte,
Porém nem o bacamarte,
Conseguiu calar as vozes
Dos cidadãos mais velozes.
Cheios de fé, compostura
Desfizeram a conjuntura
Da sujeição do civil.
Juntos por nosso Brasil,
Nunca mais a ditadura.

Cerca de duas mil vidas
Sem explicação, ceifadas,
Cruelmente assassinadas,
Privadas de despedidas
Das famílias suprimidas,
De oferecer sepultura
Para a semente madura
Nascer no futuro sonho,
Visando um país risonho,
Nunca mais a ditadura.

Os crimes dos militares
Largamente cometidos:
Civis desaparecidos,
Ninguém sabe em quais lugares.
Corpos jogados nos mares,
Ou queimados na quentura
Porque tiveram a bravura
Para articular protesto,
Por eles me manifesto,
Nunca mais a ditadura.

Várias vítimas continuam
A provocar sofrimento,
Desespero, desalento,
As dores se perpetuam
Porque agentes que atuam
De uma maneira obscura,
Sujando na tinta impura
O nome lindo do povo,
Vamos proclamar de novo:
Nunca mais a ditadura.

Narrativa controversa
Deve ser passada a limpo,
Fazermos total garimpo
Da hipocrisia adversa,
Bibliografia imersa
Na vastidão da rasura,
Escondendo a estatura
Da nação pouco decente,
Mas que diz ao presidente:
Nunca mais a ditadura.

Todos os países sérios
Puniram seus ditadores,
Porém aqui tais mentores
Fazem novos impropérios.
Quero saber quais impérios
Mantiveram a estrutura
De proteger a figura,
Abjeta e peçonhenta,
Que matou, e ainda ostenta!
Nunca mais a ditadura.

Direitos foram cassados,
Vários mandatos perdidos,
Bispos, padres perseguidos,
Democratas exilados,
Jornalistas massacrados.
Naquela temperatura
Compuseram a escritura,
De combate à excrescência,
Firmes pela resistência,
Nunca mais a ditadura.

Quem aplaude esses canalhas,
Desconhece o que é ser preso
Na masmorra do desprezo,
Apanhar, comer migalhas,
Só por apontar as falhas,
De quem fez a ruptura
Com um rifle na cintura
Em gente praticou tiro.
Até meu último suspiro,
Nunca mais a ditadura.

Se você pouco acredita,
Vá estudar o passado,
Conversar com torturado,
Vítima daquela desdita.
Conheça a trama maldita
Por trás da pesada agrura.
Veja quanta desventura
Enfrentar tamanho monstro.
Enquanto viver, demonstro,
Nunca mais a ditadura.

Várias mulheres gestantes
Sofreram pelos quartéis
Estupros dos mais cruéis,
Sem contar as lactantes
Em horas angustiantes
Faltou a menor brandura,
Soldado com armadura,
Torturou mãe e criança
Contra isso, na esperança,
Nunca mais a ditadura.

Quem não se rendeu ao time.
Teve a cadeia por prêmio.
Trabalhador ou boêmio,
A marca, no corpo, exprime,
É justo que se lastime,
Pela tremenda amargura,
No pau de arara e quentura,
Pagou "impagável" preço.
Pela vítima, o meu apreço:
Nunca mais a ditadura.

A qualquer miliciano,
Amante da virulência,
Aprenda a ter competência,
Ao invés de ser insano.
Enganado vira engano
Pela falta de postura,
Quem com porcos se mistura,
Logo comerá farelo,
Não! Ao poder paralelo.
Nunca mais a ditadura.

Diversos sindicalistas,
Viram-se trancafiados,
Militantes torturados,
Temos dezenas nas listas,
Porque os militaristas,
Colocaram a atadura,
Em qualquer propositura
Que visasse a liberdade.
Por tamanha lealdade,
Nunca mais a ditadura.

Centenas de estudantes
A época, secundaristas,
Chamados de terroristas,
Por fazerem seus levantes.
Aos castigos ultrajantes,
Enfrentaram com doçura,
Deixaram sua assinatura,
Entregando-se ao martírio
Do militar em delírio.
Nunca mais a ditadura.

Em honra de quem partiu,
Em nome de quem ficou!
Na militância escapou
Do carrasco que agrediu!
Faço por quem se feriu
Protegendo uma criatura,
Visando a nação futura
Arriscou a sua cabeça,
Para que ninguém esqueça:
Nunca mais a ditadura.

Contra o tempo de aridez,
Pelo mal que representa!
Desleal, sanguinolenta,
Berçário da insensatez.
Pela sua mesquinhez,
Pela falta de cordura,
Por ela fazer mistura
Do ódio com a tirania,
Por nossa democracia
Nunca mais a ditadura.

ELE
NÃO

Na política eu quero vê

Sobre a temática política
Descreverei nestes versos
O sonho dos brasileiros,
Nos pensamentos imersos
De terem representantes
Com seus projetos brilhantes
Sem nada de adversos.

Edis velhos submersos
Por uma real mudança,
As verdadeiras reformas
Espalhem mais segurança
Candidato de mão limpa
Que pelo povo garimpa
Algum tempo de bonança.

Por um basta em aliança
Composta de quadrilheiro.
A campanha mais honesta,
Isenta de marqueteiro.
Propostas sem Feke News
A escolha não por views,
Nem tampouco, por dinheiro.

Candidato arruaceiro
Trancado numa cadeia
Os oligarcas cassados
Nas urnas, levando peia.
Políticos sem patrimônio
Nem fazendo pandemônio
Causando à miséria alheia.

Quem duramente falseia
O mesmo povo deponha.
Mais eleitor coerente,
Candidato de vergonha.
Sem ninguém ganhar a vaga
Com sua campanha paga
Pela grana da maconha.

Que o eleitor se disponha
Ter um país de verdade.
Exigindo compromisso
Da futura autoridade.
Cobrando dos seus eleitos
A mudança de conceitos,
No quesito honestidade.

Quem na criminalidade
No passado se envolveu
Seja extirpado do pleito
Pelo mau exemplo seu.
Quem votou assuma a culpa,
Mas depois peça desculpa
Quando por erro escolheu.

Quem outrora se meteu
Em qualquer negociata
Receba dentro das urnas
Cassação imediata.
Prova de áudio e de vídeo
Levem-no para o presídio
Como punição exata.

Firmemente se combata
Candidatos descarados
Canalhas de carteirinha
Pela política, infiltrados.
Sejam atirados nos lixos
Estes toscos carrapichos
No ostracismo, deixados.

Os bandidos comprovados
Atolados nas tramoias
Sejam engolidos no voto,
Suspensos iguais às boias.
Basta de tanto desvio
Como o período sombrio,
Repleto de tantos noias.

Políticos sem comprar joias,
Às custas do povo pobre.
Fiquem fora dos Partidos
Quem quer encher o alfobre
Ou quem vê a safadeza
Do colega e na certeza
Da impunidade encobre.

O povo tenha no alfobre
Uma consciência clara
De que se vender seu voto,
Sua consequência é cara.
Por conta dessa manobra,
Caia nas mãos duma cobra,
Por vender a joia rara.

Consciente se prepara,
Pensando bem no seu voto.
Para quebrar paradigmas
Faz como jogar na loto:
Escolha ruim não repete
Porque sabe que reflete
Na postura que eu adoto.

Precisa que um terremoto
Chacoalhe este problema
Para refazer conceitos
Desmantelar o esquema,
Só assim será quebrado
O que vem sendo engrenado
Nas peças deste sistema.

Tem de acabar o dilema
De projeto eleitoreiro.
Um candidato engajado,
Sem espírito aventureiro,
Que ame mais o Brasil
Chega de político hostil,
De calhorda e embusteiro.

Não perdoe arruaceiro
Queira somente alguém sério.
Prometeu mundos e fundos
Nunca aceite o despautério.
Aproveitou-se do povo
Não vote nele de novo
Desmantele o seu império.

Sem praticar impropério
Acabe a torpe fuzarca.
Dê um basta enquanto é tempo
Em qualquer um oligarca
Queira novas lideranças
Renovem suas esperanças
Para imprimir nova marca!

O dinheiro da comarca
Posto nas áreas vitais.
Ausência de caixa dois
Nos pleitos eleitorais
Feito as claras, sem suborno
Coloque dentro do forno
Quem tem práticas imorais.

Eleitor pensando mais
Em político verdadeiro
Escolher um nome limpo
Em nosso Brasil inteiro
Extirpe toda milícia
Porque adorar sevícia,
É prática de desordeiro.

O Congresso brasileiro
Sem congressista com mala
Cheia de dinheiro sujo
Que nossa imprensa propala.
Deus proteja e abençoe
Sem a bancada do boi,
A da Bíblia e a da bala.

Sem fazer festa de gala,
Distância da gatunagem,
Um projeto de nação,
De combate a malandragem
Sem abrir nenhum espaço
Corte o voto e o compasso
Destinado a trambicagem.

A política com imagem
Honestamente mais limpa
Gerida por quem almeja
Uma vida mais supimpa
Mais respeito na República
Cuidado com a coisa pública
Tudo que a gente garimpa.

Só político barra limpa
Conduzindo este país
Aumente o salário base
Deixando o povo feliz,
Queremos gestor capaz
De ser escravo da paz
Que abomine os fuzis.

Tenha a melhor diretriz,
Como irmão do povo seja.
Defenda os direitos dele
Porque quem é bom deseja.
Um país que se organiza
Nem morrendo, privatiza,
Nossa nação de bandeja.

Qualquer político que almeja
O seu bem estar no voto
Seja esquecido por todos,
Com prazer digo e anoto:
Eu quero eleger alguém
Para nos fazer o bem,
Sendo do mal, eu derroto.

Seja riscado da foto
Recebedor de propina
Da grana vinda das armas
Do tráfico de cocaína.
Ao certo é falta de nexo
Pegar dinheiro do sexo
Do menino e da menina.

Um político que combina
Com o seu eleitorado
Tudo quanto quer fazer
Em prol do povo explorado
Escuta muito, analisa,
Faz tudo por quem precisa
E é mais necessitado.

O sofrido mais olhado,
Pela sua circunstância.
Que qualquer político eleito
Não se mantenha a distância
De quem de fato o elege
Com seu mandato protege
Porque sabe a relevância.

Dê maior preponderância
Para a nossa juventude.
Envolvendo essa camada
Porque possui amplitude
Quando esta classe se envolve
Normalmente se resolve
Tudo com mais concretude.

Basta de político rude
Imprestável sem serviço
Mentiroso, descarado,
Malandro sem compromisso.
Só envolvido em mutreta,
Desonesto, picareta,
Bondoso, só no enguiço.

Queremos líder castiço
Exercendo a liderança
Servindo a população
A qual lhe deu confiança
Para exercer um mandato
Feito aquele líder nato
Desde o tempo de criança.

Por favor, seja a mudança
Porque isto lhe compete,
Ser um cidadão sincero,
Conforme se compromete.
Em consciência política
Que sabe só fazer crítica
De tudo quanto se mete.

ELE
NÃO

Diálogo de politícos

Um diálogo entre políticos
Vai mostrar algo nojento,
Da classe dissimulada
Afogada em fingimento.
Como Antônio Zombador
Junto com José Sarnento.

ZOMBADOR – Não julgo meus eleitores
Pelas classes sociais.
À classe média aos pobres
Dou importância demais.
Por levarem minhas posses
Aos cem milhões de reais.

SARNENTO – Tenho desejos mortais
Sobre a medida do ter
Construí a minha medida
Sem fundo e não vai encher,
Quanto mais ganho mais quero
Neste mundo enriquecer!

AZ – Na política eu vou poder
Acumular muita grana,
A fim de ajudar alguém,
Morrendo em qualquer semana.
Pagar seu lindo caixão
Bem como a cova bacana.

JS – Há tempo cultiva a gana
De pôr nas mãos do mendigo
Uma casinha bonita
Desprovido do perigo,
Para depois colocarem
O seu cãozinho no abrigo!

AZ – Intimamente persigo
Ideia feito esta sua:
No intuito de ajudar
A quem vive sob a lua:
No frio vou doar a lenha
Para a fogueira na rua.

JS – Essa velha imprensa atua,
De maneira parcial.
Fala mal de quem faz bem,
Fala bem de quem faz mal.
Vendida de corpo e alma
Mantém aberto o canal.

AZ – Preparo o meu arsenal,
Contra esta coisa esquisita;
Espero a imprensa soltar
Notícia feia ou bonita,
Depois a gente desmente
O povo é besta, acredita.

JS – A fama não me excita
Faço tudo caladinho,
Ninguém quase me percebe
Escondido em meu cantinho,
Sem pagar pau à ninguém,
Vou metendo meu pauzinho.

AZ – Aos poucos, devagarinho,
No meu caminho persisto,
Se um colega me diz não
De jeito nenhum desisto,
Retiro dos cofres públicos
Na medida em que insisto.

JS – Constantemente eu avisto
A mão grande na esperteza
Fazendo a grana correr,
Feito água em correnteza
Saindo das obras públicas
Aumenta a minha riqueza.

AZ – À saúde na fraqueza
Melhor solução propus:
Caso sigam meu conselho
Conforme a todos dispus
Acabam-se os problemas
Basta só fechar o SUS.

JS – Apontei a melhor luz
Na questão educativa
Privatizar as escolas
Pela parte formativa
Acaba-se a frustração
Nesta área tempestiva.

AZ – Outra ideia construtiva
Botarei no meu projeto.
Fazendo a classe política
Receber seu maior teto
Convertido em dólar ou euro,
Deixa o negócio completo.

JS – Para ter maior afeto
Juro a você, gostaria.
De só trabalhar três horas,
Sem mexer na garantia,
De concluir dois mandatos
Pela aposentadoria.

AZ – Fiz uma promessa um dia,
Da maneira mais comum:
Construir a melhor ponte,
Visando levar algum,
Fazendo uma ligação
Do Nada a Lugar Nenhum.

JS – Pedi a força de ogum
Força sobrenatural,
Implementar um projeto
Deveras sensacional:
Construir para Brasília
Uma prisão nacional!

AZ – Uma invenção crucial,
Com verbas monumentais.
Ninguém não propôs ainda,
Temendo tantos rivais,
Quero doar de presente
O mar à Minas Gerais.

JS – Se puder leve a Goiás,
Pois por lá inda não tem.
Ao povo daquele Estado
Por certo vai fazer bem
Se fizer por Minas mesmo
Faça por Goiás também.

AZ – Obra maior nos convém:
Propor um anel viário
Ao redor do oceano
No papel imaginário,
Só para justificar
O sumiço desse erário.

JS – Eu vi no jornal diário
Números quase surreais
Que a corrupção chegou
A cem bilhões de reais,
Esse dinheiro investido
Incluía os desiguais.

AZ – Pode esquecer os jornais,
Eles vão parar com isso,
O povo sabe quem rouba,
Sem o menor compromisso,
Contudo não lasca a gente,
E repete o mesmo enguiço.

JS – Tenho visto o rebuliço,
Para tal corrupção:
Roubo cem mil reais seu,
Outro me tira um milhão:
Ladrão que rouba larápio
Tem cem anos de perdão!

AZ – Gente de bom coração
Esquece a maldade alheia
Porque vê o lado bom,
Apesar da coisa feia,
Mesmo as nossas contas gordas
Nunca vamos à cadeia.

JS – Na política se semeia
Discórdia, trapaça, angu,
Lautos banquetes caríssimos
Causando o maior rebu.
Tenho auxílio paletó
Enquanto o povo anda nu!

AZ – Por Deus ou por Belzebu
Confesso, pouco pensei,
Oprimindo a todo mundo,
Eu nunca me desgastei,
Ao entrar para a política
Sabiamente aproveitei.

JS – Engrandecido fiquei
Pela esfera pessoal
Sem pensar nada no povo
Reuni grande arsenal
Dessa forma consegui
O meu próprio laranjal.

AZ – É quase fenomenal
O que tem acontecido,
Na presença dos meus pares
Sou sempre reconhecido,
Porque quem não aparece
Terminará esquecido!

JS – Ainda sou tão querido
Perante o eleitorado:
Por Deus e por minha mãe
Constantemente jurado;
Roubando e negando tudo
Apesar de comprovado!

AZ – Meu patrimônio juntado
É da verba orçamentária
Uma quantia vultuosa,
De maneira perdulária,
O mundo é dos mais espertos
Não é para gente otária.

JS – Mesmo a notícia diária
Veiculada no jornal
O povo nunca se importa
E no pleito eleitoral,
Vota naquele mais rico
Ou em quem achar legal!

AZ – Na questão ambiental
Serei mais audacioso
Apresentei um projeto
Com um cara poderoso:
Dono de uma madeireira
É sem dúvida, cuidadoso.

JS – Este homem primoroso
Fará tudo preservado
Propus no próprio orçamento
De vê-lo recompensado
Por ter feito na floresta
A pastagem do seu gado.

AZ – Para o doente internado
Caso o pobre não escape
Tenha seu direito ao banho
Daquela mangueira vape.
Determinei que o buraco
Da cova o governo tape.

JS – Nem de longe se farrape,
Diante da classe ordeira,
Caso morra algum político,
Seu caixão com a bandeira
Coberto e atrás chorando
Eleitor com carpideira.

AZ – Para a nação brasileira
Vamos propor novidade
Projetos alternativos
Com muita solenidade
A fim de aparecermos
Perante a sociedade.

JS – Com toda sinceridade
Vou esquecer a milícia,
Pretendo perder o medo
De soldado de polícia
Quero virar referência
No quesito boa notícia.

AZ – Que coisa mais fictícia,
Este seu desejo agora
Você nunca valeu nada
Nem por milagre melhora.
Em questão de safadeza
Você não muda, piora.

JS – Jesus e Nossa Senhora
Podem mudar um bandido,
Se eu quiser me transformar
Deixo de ser pervertido,
Apesar de defender
Que deve ser abatido.

AZ – Quero dar melhor sentido,
Já basta desta esperteza.
Enquanto a classe política
Nada no mar da riqueza
Vemos tantos brasileiros
Padecendo na pobreza.

ELE NÃO

O sangue dos explorados sustenta os exploradores

O mundo é maravilhoso,
Porém a pobreza existe
Nisso a miséria persiste
Como quadro desastroso.
O burguês é perigoso:
Oprime os trabalhadores
Aumentando os sofredores
Com direitos sonegados;
O sangue dos explorados
Sustenta os exploradores.

A marca do desemprego
Voltou assombrar a gente,
Por medida inconsequente,
Produziu desassossego.
Demissão e subemprego
Provocam gritos, clamores,
Padrasto dos dissabores,
Madrasta dos desprezados;
O sangue dos explorados
Sustenta os exploradores.

Igualdade nunca vem
Para os pobres esquecidos,
Mas os ricos atrevidos
Pela fortuna que têm
Acham-se acima do bem,
Julgam-se superiores
Esses manipuladores
São calhordas consagrados;
O sangue dos explorados
Sustenta os exploradores.

Quando vejo uma criança
Sem frequentar a escola,
Seu futuro é a esmola
Na rua sem esperança.
Cresce na desconfiança
Sem ter acesso aos setores
Que são impulsionadores
Dos patamares buscados;
O sangue dos explorados
Sustenta os exploradores.

Milhões de adolescentes
Colocados em apuros.
Porque se sentem seguros
Em diversos ambientes
Em projetos deprimentes,
De horrendos criadores
Colocam como mentores
E seus planos são frustrados;
O sangue dos explorados
Sustenta os exploradores.

A força de quem produz
É vendida tão barata,
Lembra a era escravocrata,
Ou a época de Jesus.
Homem pregado na cruz
Por enfrentar os horrores
Destinado aos desertores
Da canga dos potentados;
O sangue dos explorados
Sustenta os exploradores.

Vemos cada vez mais forte
Degradação social,
Uma política imoral,
Mãe da exclusão e morte,
De onde não vem suporte
Que vampiros sugadores
Viraram os coordenadores
Dos projetos fracassados;
O sangue dos explorados
Sustenta os exploradores.

O pobre ganha um salário
Capaz de causar vergonha
Junto aos planos de quem sonha,
Além de um chefe ordinário
Sem escrúpulo, perdulário,
Serviçal dos opressores,
Inimigo dos labores,
Capacho dos abastados;
O sangue dos explorados
Sustenta os exploradores.

Gigante na agricultura,
Somos top nessa área,
Mas ainda é necessária
Grana e maior cobertura
Para dar mais estrutura
Aos nossos agricultores:
Verdadeiros produtores
Dificilmente lembrados;
O sangue dos explorados
Sustenta os exploradores.

Quem usurpa ainda pensa
Ser um servidor de Deus,
Porém serve aos fariseus,
Mata, mas quer recompensa.
Ao invés de prêmio, prensa
Deus dará aos fingidores
Porque foram travadores
Dos planos dos humilhados.
O sangue dos explorados
Sustenta os exploradores.

A descrença na justiça
É nosso castigo eterno
A lentidão outro inferno,
Para completar, omissa,
Podre igualmente a carniça
Junto aos seus devoradores,
Magistrados, promotores
Pela infâmia laureados;
O sangue dos explorados
Sustenta os exploradores.

No mundo inteiro é assim:
Quem não trabalha enriquece
Já quem só luta empobrece,
Embora os dois tenham fim.
Mas os filhos de Caim
Sempre almejarão louvores,
A sanha dos sugadores
Tem desejos aguçados;
O sangue dos explorados
Sustenta os exploradores.

Em um realzinho do pobre
O rico ganha duzentos
Fazem deles instrumentos
De multiplicar seu cobre.
Nobreza nunca foi nobre
Nos gestos nem nos valores,
Os grandes sonegadores
Possuem diversos pecados;
O sangue dos explorados
Sustenta os exploradores.

Durante quinhentos anos
Fomos vítimas na história,
Só servimos de escória
Aos pretensos soberanos
Que aqui causaram danos
E aumentaram os clamores,
Pois os povos invasores
Julgam-se mais preparados;
O sangue dos explorados
Sustenta os exploradores.

Cada deputado ganha
Não sei quantos mil reais,
Porém quem trabalha mais
Recebe a soma tacanha.
Político nenhum se acanha
Que seus gestos infratores
Tornem-se avassaladores
Contra os marginalizados;
O sangue dos explorados
Sustenta os exploradores.

Quem é pobre de nascença
Dificilmente melhora
Quando a política vigora
Em prol dessa diferença.
Mantém a distância imensa
Com os seus contratadores
Porque os controladores
Pagam mal aos contratados;
O sangue dos explorados
Sustenta os exploradores.

Há jovens neste país
Sendo vítimas do descaso,
Estatísticas desse atraso
São faltas de mestre e giz.
Só mudarão de perfis
Caso encontrem professores
Que revertam causadores
Desses direitos negados;
O sangue dos explorados
Sustenta os exploradores.

Quem é filho de ricaço
No próprio carro desfila;
Vida folgada e tranquila
Gozando do seu regaço.
Sobra tempo, grana, espaço
Para ler bons escritores,
Excelentes formadores
Dão saberes mastigados;
O sangue dos explorados
Sustenta os exploradores.

Qualquer pobrezinho que cria
Cinco cabeças de gado
Curto período estiado
Sequestra toda alegria.
Traz de volta uma agonia
Aos pequenos criadores,
Ouvindo os berros de dores
Dos bichos esfomeados;
O sangue dos explorados
Sustenta os exploradores.

Maior característica
De rico contra a pobreza
É concentrar a riqueza,
Na prática nada humanística.
Só engrossa a estatística
Desses acumuladores,
Cujas contas em valores
Crescem como pés inchados;
O sangue dos explorados
Sustenta os exploradores.

Os empregados do povo
Hospedados em Brasília
Viajam com a família
Gozando bem e do novo.
No eleitor põe estrovo
Para pagar assessores
Que proteja os infratores
Pelos crimes praticados;
O sangue dos explorados
Sustenta os exploradores.

Cada um tem sua fazenda
Qual resort confortável,
Refrigério inigualável
O protege de contenda.
Pagamos até merenda
De todos governadores,
Oitenta e um senadores,
Sem contar os deputados;
O sangue dos explorados
Sustenta os exploradores.

Vendem às nossas empresas
Após desviam o dinheiro,
Investem no estrangeiro
Nossas suadas riquezas.
Mediante as safadezas
Ainda tem defensores:
Alguns desembargadores
E grupos de advogados;
O sangue dos explorados
Sustenta os exploradores.

Quem observa esse mundo
Mergulha no pessimismo
Sem suportar o cinismo
Arraigado, vil, imundo.
O resultado iracundo
Do menor aos ditadores
Entre administradores
Na canalhice, letrados;
O sangue dos explorados
Sustenta os exploradores.

É deprimente esse apego
Ao poder da estrutura,
A ausência de cultura
Faz gente pedir arrego.
Com sindicato pelego,
Burrice nos eleitores,
Políticos usurpadores,
De cargos tão almejados;
O sangue dos explorados
Sustenta os exploradores.

O terrível monopólio
Exercido pela mídia
Transformou-se numa insídia
Fazendo o povo de espólio.
A produção de petróleo
Deu sinais libertadores,
Mas por cínicos traidores
Os sonhos foram anulados;
O sangue dos explorados
Sustenta os exploradores.

Poucas famílias decidem,
Da pequena a grande obra,
Quem é massa de manobra
Entre si até se agridem.
Os mais fracos não progridem
Se não forem lutadores
E bons negociadores
Na mesa dos abastados;
O sangue dos explorados
Sustenta os exploradores.

ELE
NÃO

O crime, como a propina,
Atingiu aos empresários,
Vitimizou operários
Com essa prática assassina.
Na política é uma mina
De queijo dos roedores,
Vício maior dos gestores
Muito mal-acostumados;
O sangue dos explorados
Sustenta os exploradores.

A DISCRIMINAÇÃO CONTRA O LIXEIRO

Na vida vale quem tem,
Seja honesto, trambiqueiro,
Afinal manda e desmanda
Quem possui muito dinheiro.
Por isso à pouca importância,
A profissão do lixeiro.

Sem esse trabalhador,
Já pensaram na nojeira?
Que esse mundo estaria
Mergulhado na porqueira,
As doenças espalhadas
Atingindo a Terra inteira.

O seu serviço prestado
É realmente importante.
Entretanto existe gente,
Tão metida e arrogante
Que nem sequer considera
O gari seu semelhante.

A pessoa inconsciente,
Não valoriza a bravura
Do trabalhador braçal
Às vezes sem estrutura
De cumpridor da tarefa
Ingrata, pesada e dura...

Quem desdenha até parece
Discípulo do anticristo.
Destratar qualquer pessoa
Até se orgulhando disto,
O lixeiro está na frente
E às vezes não é nem visto.

Essa classe importantíssima,
É tratada com desprezo,
Vítima da sociedade
É considerada um peso,
Explora esse contingente
Para largá-lo indefeso!

Relegada a indiferença
Na prática de sua função.
É olhada e pouco vista
Por quem se diz cidadão.
Pelo trabalho pesado
Salário baixo, exclusão.

Mas estes abnegados
Dão lições de valentia.
Limpam a sujeira que outros
Fazem por selvageria.
Gente capaz de passar
Por ele e nem dá bom dia.

Resolvem-se fazer greve
O opressor se exaspera,
O mau cheiro se espalha,
Onde menos se espera,
A doença inesperada
Rapidinho se prolifera.

Igual engenheiro e médico
Professor, advogado.
Palestrante e escritor,
Cientista e deputado
O lixeiro também quer
No mínimo ser mais olhado.

Diante da indiferença
O gari não se encabula
A condição de trabalho
Ideal é quase nula.
Enquanto enfrenta o labor
Dinheiro não se acumula.

A humanidade agora
É a mestra do inverter,
Os valores salutares
Dando prevalência ao ter,
Esquecendo que de fato
O mais importante é ser.

Trate-o decentemente,
Pois não custa gentileza.
Pagar um salário digno
Urge com toda a presteza
Ganhar o suficiente,
Para sobrar pão na mesa.

A estas simples palavras,
Talvez você nem dê crença.
Passe um mês sem o gari,
Depois veja a diferença:
Mau cheiro e epidemia,
Sujeira, lixo e doença.

Como todo ser humano
O gari só quer respeito.
Gozar das mesmas benesses
Que ele tem por direito
Sem olhar atravessado
Encharcado em preconceito.

Imagine alguma fábrica,
Colégio, escritório, empresa.
Sem ter alguém responsável
Pela área da limpeza.
Em pouco vira um chiqueiro
Desprovido de beleza.

O nosso meio ambiente
Poluído a qualquer hora,
O gari bravo se lança
Para a luta e se aprimora
No combate ao malefício,
Que quem polui, ignora.

Ele se torna uma vítima
Desde o campo às capitais
Da coisa pública gerida
Por diversos marginais
Que não conseguem mudar
As questões estruturais.

Uma jornada pesada
Agregada na planilha,
Na matéria de sujeira
O povo segue a cartilha
Além de fazer o errado,
Com tanto cinismo humilha.

Diversas pessoas nas ruas
São inimigas do bem,
Encarando esses agentes
Da limpeza e com desdém,
Afinal o desumano
Só oferta o que ele tem.

Varrer parques, avenidas,
Tarefa em que se atua
Para terminar mais cedo
Começa ao claro da lua.
Nem acaba de limpar
Um joga papel na rua.

O empresário conhece,
Sua fábrica por inteira,
Sabe o nome dos gerentes
No topo de sua carreira,
Porém duvido saber
O nome da faxineira.

Ao exercer tal função,
Sofre como não merece.
Se disfarce um dia e veja
Como tudo lhe acontece.
Nem sequer aquele amigo
Mais íntimo lhe reconhece.

A tentação de pensar:
Limpeza qualquer um faz,
Porém não é bem assim
Nem todo mundo é capaz.
De trabalhar nessa área
De uma maneira eficaz.

Hoje para ser gari
Deve ser capacitado.
Principalmente por quê
Todo o lixo é separado
Dentro das cooperativas,
A fim de ser reciclado.

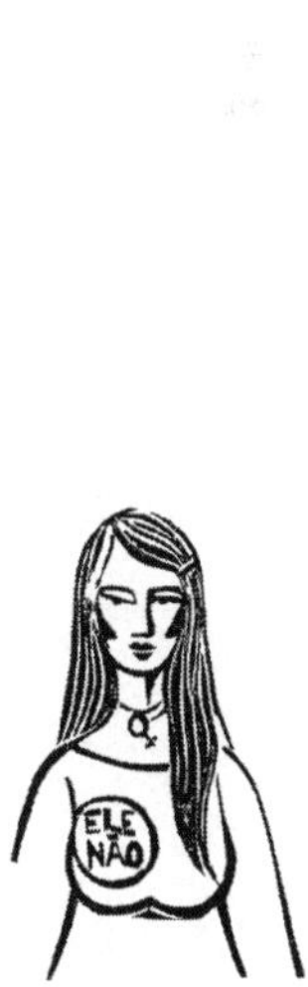

Seja decente e procure,
Dispensar ao operário,
O tratamento mais digno
Porque se faz necessário,
Condições igualitárias
Inclusive no salário.

Quem exerce essa tarefa
Deve ser bastante bravo
Ser corajoso ao extremo
Sem fazê-lo de escravo.
Não pagar uma miséria
Que o leve ao desagravo!

Os garis diversas vezes
São vítimas de ojeriza.
No destrato corriqueiro
O assédio se concretiza,
Entretanto o criminoso
Às vítimas não indeniza.

O gari aprende à força
Como se anda ligeiro
Atrás de um caminhão,
Corre feito medalheiro
Só chega em casa quebrado,
Por correr o dia inteiro.

Qualquer ser humano pode,
Sem dúvida se acostumar:
Da vassoura à caneta
Do carrinho ao celular,
Ir do uniforme ao terno,
E de mandado a mandar.

Tentem fazer o contrário
Com algum engravatado,
Colocando-o no sol quente
Sem o ar condicionado
Em um dia de serviço
O lorde fica acabado.

Não é fácil como pensam
Varrer rua, apanhar lixo
Esmerar-se na tarefa
Exercê-la no capricho,
Portanto trate o lixeiro,
Como gente, não por bicho!

Ao ver alguém exercendo
Esse difícil trabalho.
Ponha-se no seu lugar,
Reveja o seu ponto falho,
E pense: "Senão ajudo
Eu também não atrapalho."

Quem humilha o semelhante,
É humilhado amanhã.
Viver de futilidades
É tornar a vida vã.
A lei da compensação
É justa e compensa o fã.

Lugar de lixo é no lixo
Desde criancinha aprenda
Respeite e terá respeito,
Quer ser entendido, entenda.
Não quer escutar ofensa
Dê exemplo e não ofenda.

ELE NÃO

Os sujadores das ruas,
Muitas vezes eu já vi,
Passando ao lado do vaso
Fez-me neste mundo ouvi:
"Deixe eu manter o emprego
Daquele pobre gari".

Ao trabalho das pessoas
O maior valor se dê.
O hoje do semelhante
Pode mudar para quê,
A realidade dele
Passe ser a de você.

Pessoa nenhuma jamais
Poderá sofrer maltrato.
Ferida a dignidade
Porque neste triste ato
Toda atitude grosseira
Vira um negócio insensato.

Todo patrão orgulhoso
Na ruindade se consome,
Mas não trate o faxineiro
Querendo matá-lo a fome.
Por trás de um trabalhador,
Há história, garra e nome.

Valorizando ao lixeiro
Meu cordel aqui se finda,
Rendendo minha homenagem
Em prol dessa gente linda,
Sem ele essa nossa Terra
Estaria mais suja ainda.

NOSSO POVO BRASILEIRO VIVE CAINDO EM CILADA

Pelo tanto de cinismo
O povo não mais suporta,
Uma classe quase morta
Posando em falso heroísmo,
Porque tanto banditismo,
Feito com a pátria amada,
É semelhante a facada,
Dada no lugar certeiro,
Nosso povo brasileiro
Vive caindo em cilada.

Vários edis na berlinda
Voltaram a ser candidatos,
Reconquistaram mandatos,
Tendo mais poder ainda
Porque o mandato blinda
Contra prisão ordenada
Não pode ser algemada,
Mesmo roubando dinheiro,
Nosso povo brasileiro
Vive caindo em cilada.

Tem político que admite:
Sou de fato usurpador,
Não tenho o menor valor,
Imagine algum limite
Proponho o melhor convite
Para adentrar na parada
Roubar é minha empreitada
Sem abrir mão do roteiro
Nosso povo brasileiro
Vive caindo em cilada.

Apesar de réu confesso
Nosso eleitor é quem falha,
Reelegendo o canalha,
Dando-lhe total ingresso
Para vê-lo no Congresso
De gravata pendurada,
Rindo de perna passada,
Durante o mandato inteiro,
Nosso povo brasileiro
Vive caindo em cilada.

No quesito cafajeste,
O Brasil possui seu mantra,
Com a corja de pilantra,
Na política dando o teste
De norte, sul, leste, oeste
Encontramos de carrada
Boa parte acomodada,
Sem analisar primeiro,
Nosso povo brasileiro
Vive caindo em cilada.

Já conhecemos as caras,
Das cruéis oligarquias,
Ocupando as autarquias,
Sem produzir nada as claras.
Peçonhentas joias raras
Tops na cafajestada,
Ganham todas de lavada
Neste país altaneiro,
Nosso povo brasileiro
Vive caindo em cilada.

Percebo sempre no morro
Famílias correndo risco
Porque fizeram o aprisco,
Depois gritam por socorro.
O rico em casa de forro,
Nem escuta a trovoada,
Enquanto há gente arrastada
Descendo daquele outeiro
Nosso povo brasileiro
Vive caindo em cilada.

Por que o SUS adoece?
Porque é sucateado,
Para ser privatizado,
Seu valor não reconhece,
O governo desmerece,
Esta parte abençoada
Com a verba congelada
Por um Estado grosseiro
Nosso povo brasileiro
Vive caindo em cilada.

Nunca tem alagamento
Em condomínio burguês,
Porém pobre a cada vez
Aumenta o padecimento
O rico no apartamento
Em uma altura danada
Favelado na enxurrada
Vai arrastado ao bueiro
Nosso povo brasileiro
Vive caindo em cilada.

Cadê os velhos bandidos?
Os de colarinho branco?
Vão seguindo a passo franco,
Porque não serão punidos,
Os bens públicos consumidos
Pela verba desviada,
Para a conta ser regada,
Distante no estrangeiro,
Nosso povo brasileiro
Vive caindo em cilada.

O pobre metido a rico
Entrou na onda obscura
Por não ter musculatura
Agora só paga mico
Por eleger um nanico
É sinônimo de piada,
Acabou-se a churrascada
De carne nem sente cheiro
Nosso povo brasileiro
Vive caindo em cilada.

Em tudo que o homem faz
Aparece algum escândalo
Um parlamento de vândalo
Cultivando ódio mordaz,
Com liderança incapaz
Embarcação mal guiada
Nas mãos desta canalhada,
Caímos neste atoleiro,
Nosso povo brasileiro
Vive caindo em cilada.

Na estrada movediça
Não transita uma carroça
O povo segue na fossa,
Do governo de carniça.
Se a peça chave enguiça
O resto é prejudicada
A trilha fica emperrada,
Para qualquer passageiro,
Nosso povo brasileiro
Vive caindo em cilada.

Quantos seres têm morrido
Nas filas dos hospitais,
Viroses, gripes letais,
Não fazem o menor sentido,
Porém de banco falido
A conta nem é somada
Já se coloca a bolada
Para os cofres do banqueiro
Nosso povo brasileiro
Vive caindo em cilada.

O salário do Brasil
Beirando os umbrais da fome,
Pobre ver, rico consome.
Seja um infante ou senil.
Tratando como imbecil
A classe assalariada,
Contudo elite estribada
Contrata o melhor doleiro,
Nosso povo brasileiro
Vive caindo em cilada.

Se pobre algum tempo atrás
Passeou na Groelândia,
Ou talvez na Disneylândia,
Hoje querendo, não faz.
Pois a política voraz
Pelo Guedes implantada
Proibiu toda empregada
Fazer aquele cruzeiro
Nosso povo brasileiro
Vive caindo em cilada.

Quem reclama por direito,
Chamam de subversivo,
Pelo governo nocivo,
Que não sabe dá um jeito
Pela falta de conceito,
A massa é prejudicada
Vive levando pancada
Do bando de desordeiro
Nosso povo brasileiro
Vive caindo em cilada.

São poucas as cassações
De parlamentares péssimos
Já os bons não dão dois décimos,
O resto é nas transgressões,
As mais vis acusações
Se vê desta canalhada
Sem a coisa comprovada,
Não se pune arruaceiro.
Nosso povo brasileiro
Vive caindo em cilada.

Em nome da compostura
O nosso eleitor se esquece,
Escolhe quem não merece,
Um posto de envergadura
Alguém de reta estatura,
Totalmente preparada,
Que rejeita a propinada
De qualquer um trapaceiro
Nosso povo brasileiro
Vive caindo em cilada.

Procure ser favorável
Ao ser humano mais justo,
Jamais vote num vetusto
Porque não é confiável
É muito desagradável,
Saber que foi enganada,
Às vezes, desinformada,
Não notou um embusteiro
Nosso povo brasileiro
Vive caindo em cilada.

Todo político ordinário
Possui a pose de santo,
Apesar de causar pranto,
Quer ser extraordinário,
Mesmo sendo mercenário
Tem a cara deslavada
A pose de gente honrada,
Na lama de algum barreiro
Nosso povo brasileiro
Vive caindo em cilada.

Quem roubar uma galinha
Certamente é condenado,
Porém sendo um deputado
Rouba e não sofre nadinha.
Se for preta e pobrezinha
Levará tanta pancada,
Numa cela confinada,
Por seu irmão carcereiro
Nosso povo brasileiro
Vive caindo em cilada.

Dê terra para os sem terra,
Para existir mais plantio,
Preserve a margem do rio,
Do baixio ao pé da serra.
Quando não tiver mais guerra
A conta será sanada
Que a população roubada
Acalmará seu vespeiro
Nosso povo brasileiro
Vive caindo em cilada.

Considero vergonhoso
O tamanho do desprezo
Vendo um inocente preso
Realmente é perigoso,
Sem dúvida alguma, danoso,
Injustiça exacerbada
Semelhante patacoada,
Não se dá com o usineiro,
Nosso povo brasileiro
Vive caindo em cilada.

PERFIL DO POLÍTICO BRASILEIRO

Ser enganador, mentir,
Enrolar, ser trambiqueiro,
Gostar de fazer promessa,
Não pagar, ser trapaceiro,
Eis os requisitos básicos
Do político brasileiro.

Fazer tudo por dinheiro,
Detestar pessoa séria,
Não importar se o povo,
Tem morrido na miséria.
Quando escutar sobre ela,
Considerar uma pilhéria.

Se a fome tão deletéria
Castiga o desempregado,
Ao saber dessa notícia
Fingir-se penalizado,
Porém, no lauto banquete
Esquecer do esfomeado.

Senador ou deputado
Tem tendência a se tornar
Graduado em trambicagem,
Pós-graduado em roubar,
Mestrado em negociata,
Doutorado em subornar.

Nessa escola quem entrar
Sai com diploma na mão,
Um pós-doutor em desvio,
Quadrilheiro, fanfarrão,
Espertíssimo no escândalo,
Genial na enganação.

De superfaturação
Terá aula em abundância,
Passar o chapéu no povo,
Em qualquer uma circunstância,
Chefiar máfia pesada,
De bingo e de ambulância.

Jamais medirá distância
Em prol de maracutaia,
Superfaturar contratos
Em cláusulas que alguém saia
Propondo licitações
Para pôr areia em praia.

Saber ignorar vaia
Ou aceitá-la sorrindo,
Estar morrendo de raiva,
Porém, andar se abrindo,
Alguém lhe jogar um ovo,
Fingir que é aplaudindo.

Passar o tempo fugindo
Do povo em sua procura,
Nunca apresentar projetos
De incentivo à cultura,
Na sombra e na água fresca
Reclamar da vida dura.

Na câmara ou prefeitura,
Em todo canto empregar
O filho, o sogro e a sogra
Somente para ganhar
Dinheiro nessa mamata
Sem precisar trabalhar.

Ser disposto a viajar
Em viagem planetária,
Triplicando o seu salário,
Só embolsando diária,
Fazendo a população
Constantemente de otária.

Não ver a vida precária
Do menor abandonado,
Dos moradores de rua
De tanto jovem drogado,
Milhões de trabalhadores
No país desempregado.

Demonstrar-se indignado,
Com a prevaricação,
No trato com a coisa pública
Na falta de prevenção
Denunciar a justiça,
Sendo o seu próprio ladrão.

Ser contra a corrupção,
É claro, aparentemente,
Criticando os maus políticos
Só posando de inocente
Mas, dentro dos gabinetes,
Agir feito um delinquente.

Na imprensa claramente
Corajoso revelar
Aversão pelo colega
Dito não muito exemplar,
Porém, no voto secreto,
Jamais deixá-lo cassar.

Dissimulando, atuar
Muito bem na CPI,
Pregar moral e lisura
Nos projetos por aí,
Abraçar quem nem conhece
Dizendo: "— É bom vê-lo aqui".

Se alguém disser: "— Eu li
Em matéria no jornal
Sobre seus atos ilícitos
Semelhante ao marginal.
Rebate, declara: "— Intriga
Dessa oposição do mal."

— Porém existe arsenal
De provas contra o senhor
Para votar num projeto
Estipulando valor.
O seu legado político
É ter sido malfeitor.

— É fácil um acusador
Fazer tais acusações
Sem possuir prova alguma
Só proferindo ilações
Agredindo a minha imagem
Sem fazer comprovações.

Plagiar sem restrições
Projetos do companheiro,
Ser sócio de várias tramas
De lavagem de dinheiro,
Por destaque nas pesquisas
Contratar um marqueteiro.

Gostar de ser presepeiro
Porque só quer se dar bem,
Rouba grana da saúde
Da educação também,
Da assistência social
Dos pobres que nada têm!

Vive fazendo desdém,
Zomba da própria justiça
Faz mangação do inquérito
Porque tem como premissa
A marca da impunidade
No meio dessa carniça.

Por conta da lei omissa
Rouba milhões de reais,
Abre suas contas fantasmas
Em paraísos fiscais,
Pois a medida do ter
Ela não enche jamais!

Entrevista nos jornais,
Jura total inocência,
Mesmo após comprovação,
Sem medir tanta excrescência
Chorando ele acusa a lei
De cometer truculência.

Na descarada indecência
Salvar alguém do seu clã
Acusado de desvios
No Porto ou Maracanã
Protege um infame hoje
Visando o seu amanhã.

ELE NÃO

Igual irmão ou irmã
Cada canalha xaveca:
Como levar sua parte,
Sem derrubar a peteca
Em carro forte e malote,
Em paletó ou cueca.

Andar sempre numa beca,
Roupa de alta costura:
Com malas abarrotadas
No jatinho em toda altura.
Dizendo: — O povo me deu,
Sem saber na prefeitura.

Fazer escarcéu e jura,
Ter amnésia constante,
Filmado no celular
Negar em qualquer instante
Não ser ele nessa imagem
É montagem degradante!

Convencer seu acusante
Como jamais se vendeu.
Seu voto no Executivo
Foi porque se convenceu,
Embora a imagem provando
Ele nega: — Não sou eu!

Se algum dia aconteceu
Por milagre ser chamado,
Para depor na justiça
Ao Supremo, vai coitado,
Em busca de Habeas Corpus
E permanece calado.

Contratar advogado
Treinado para mentir.
Defender sua "desonra",
Como um santo se exibir,
Reverter ou anular
O processo que surgir.

Cinicamente insistir:
"— Sou um político direito,
Tenho atuação decente,
Ético, sincero, escorreito!
Procuro honrar o mandato
Para o qual eu fui "eleito".

Fala contra o preconceito,
Sendo preconceituoso,
Critica a prática do orgulho,
Apesar de orgulhoso,
Ser defensor da virtude,
Sem ser nada virtuoso.

Demonstra ser grandioso,
Sem conhecer a grandeza,
Finge defender os pobres,
Porém detesta a pobreza.
São parlamentares ricos
Miseráveis de nobreza!

Nadando na incerteza,
Pois falta ideologia.
Muda tanto de partido
É da noite para o dia
Paupérrimo em convicção
Burro, sem categoria!

ELE
NÃO

Tem a cabeça vazia,
No entanto, o bolso é cheio.
Do bolo da coisa pública
Ele carrega o recheio
Vive em busca de elogio,
Mas a crítica ele acha feio!

Bota o acréscimo no meio
Do aparente progresso,
Atende o rico contente
Já visando o seu sucesso
No projeto apresentado
A conta tem seu excesso.

Tem o perfil do regresso,
Suscita desesperança.
Todo nome do eleitor
Ele fixa na lembrança
Tentando ganhar por isso
Plena e total confiança.

Fantasiando esperança
Iludindo os eleitores
Finge respeitar a Bíblia
Sagrada com seus valores,
Mas é discípulo de Judas
Rei maior dos traidores.

Na roda dos malfeitores
Constantemente se senta.
Como foge da verdade
Toda mentira ele inventa,
Simulando ser irmão,
Mas isto não se sustenta.

Sua política nojenta
Exerce no parlamento,
Ao invés, de combater
Tem causado sofrimento
Mamar nas tetas do Estado
É o seu maior invento.

Pelo mau comportamento
No cartão corporativo
Compra tudo quanto quer
Sem apresentar motivo
É a benesse absurda
Do Poder Executivo.

Esse cartão corrosivo
Transformado numa norma,
Enquanto eles gozam tudo
Ninguém justo se conforma,
Com tamanho disparate
Clamando urgente reforma.

A coisa fácil deforma,
Mas político não rejeita
Nenhuma maracutaia
Praticada na espreita.
A lei, cartilha de todos
Parlamentar não respeita.

A delinquência suspeita
Ligada a tanto banqueiro
Os grandes conglomerados
Comprando o Congresso inteiro
Por aceitar na campanha
O montante de dinheiro.

Com empreiteira e doleiro
Já dobra o seu patrimônio
Porque faz com a política
Verdadeiro matrimônio
A riqueza amealhada
Ultrapassa a do demônio.

Nesse horrível pandemônio
Padece o trabalhador.
Roubado por essa classe
Deputado e senador,
Vendidos, compram mandatos,
Enganando o eleitor.

Tanto político impostor,
Calhorda, vil, perdulário,
Indecente, sem caráter,
Desprezível e ordinário,
Bancando pose de honesto
Sem passar de mercenário.

Ver-se cada salafrário
Nos cargos mais importantes
Conquanto se identifica
Com tais seres aviltantes
São as escolhas medíocres
Das classes mais degradantes.

As mudanças inconstantes
Tem suscitado questões
Emblemáticas ao Brasil
Entre as quais corrupções
Instaladas na política
Para desviar bilhões.

As diversas cassações
De vários parlamentares
Ainda se mostram poucas
Na punição de milhares
De políticos sem vergonha,
Destes calhordas vulgares.

As reações salutares
Ninguém ver acontecendo
Enquanto isso os mais pobres
Abandonados, morrendo
Vendo a fome e a miséria
Aos poucos se refazendo.

Nosso Brasil padecendo
Nas mãos de tanto indecente
A memória coletiva
Padecendo vorazmente
Com a burrice do asno
Posto como presidente.

Nós vimos ultimamente
Um gesto feito sem graça,
Imitando arma de fogo
Do congresso até a praça
Ao invés da santa paz
Só faz gesto de ameaça.

Esta classe tão devassa
Em prol do povo se cala,
Legislando em causa própria
Pelo seu direito rala
Como a bancada do boi,
A da Bíblia e a da bala.

Contra pobre vira mala
Quer seu mal de todo jeito
A saúde e o emprego
Com o mínimo de respeito,
Quem tem culpa neste caso
Na próxima vote direito.

A maioria é suspeito,
Mas algum ainda presta
Batalhando pelo povo
É somente o que lhe resta.
Então procure votar
Em candidatura honesta.

O povo se manifesta
Contra a classe desordeira,
Porém quando vai votar
Não faz a coisa certeira
Vota como quem entrou
No local de brincadeira.

O saldo desta besteira
É o eleitor descontente
Enojado com o edil
Tratando-o feito indigente
Por isso no próximo pleito
Tente votar diferente.

Você político indecente
Aqui termino avisando:
Reveja a sua postura,
Nosso país piorando,
Esqueça de falcatrua,
Com esta nação que é sua
Imagine-se ajudando!

A FORÇA DO PRECONCEITO NUNCA PAROU DE MATAR

Por mais que haja combate,
Vire processo e notícia,
Com delegado e polícia,
Só aumenta o disparate,
Pois da igreja a boate;
Do palco a qualquer altar;
Do culto a mesa de bar;
Do palanque até o pleito
A força do preconceito
Nunca parou de matar.

Essa questão do racismo
Cada vez mais se espalha
Porque a justiça falha
No lamaçal do cinismo,
Parece até casuísmo
Sem querer investigar
Recusa-se a castigar
Quem descumpriu o preceito
A força do preconceito
Nunca parou de matar.

Outrora quando europeus
Invadiram a nossa terra
Só vieram trazer guerra
Usando o nome de Deus
Mandaram seus fariseus
Em Pindorama aportar
Objetivando explorar
Um Continente perfeito
A força do preconceito
Nunca parou de matar.

O chamado homem branco
Visando somente acúmulo
Chegou ao nefasto cúmulo
De afirmar: "Eu arranco
De onde estiver espanco
Até poder dominar,
Vou fazê-lo trabalhar
Enquanto como e me deito"
A força do preconceito
Nunca parou de matar.

Jovens, velhos e crianças
Foram aqui subjugados,
Cristãos novos batizados,
Impuseram suas mudanças
O branco nas suas andanças
Apenas queria lucrar,
O rei mandando buscar,
Mesmo não tendo direito,
A força do preconceito
Nunca parou de matar.

Levaram a nossa madeira,
Carregaram o nosso ouro,
Formaram rico tesouro
Com riqueza brasileira,
Em séculos de roubalheira
Conseguiram enricar
O povo do além-mar,
Sem pena, tirou proveito.
A força do preconceito
Nunca parou de matar.

Na base da tirania
Massacraram nosso indígena,
Julgando um alienígena.
Na maior selvageria,
Em notável covardia,
Impôs seu fardo exemplar
Para o índio carregar
Sem ganhar nenhum confeito
A força do preconceito
Nunca parou de matar.

Matou os povos nativos
Considerando-os menores,
Achando-se os maiores
Aplicou meios nocivos,
Com desejos expansivos
Chegaram para ficar
Só pensando em sujeitar
Impuseram seu conceito
A força do preconceito
Nunca parou de matar.

Decretaram: "Não tem alma,
Desprovidos de atributos.
A produção de seus frutos
Podemos levar na calma"
A vil ganância se espalma
Em quem veio comandar
Disposto mesmo humilhar
Na base do desrespeito
A força do preconceito
Nunca parou de matar.

ELE
NÃO

Em prol de ajuntar dinheiro
Rasgaram a letra da ética
Em uma busca frenética
Fizeram o tráfico negreiro
Encheram o chão brasileiro
Porque foram sequestrar,
Preto livre em seu lugar
Aqui se tornou sujeito
A força do preconceito
Nunca parou de matar.

Foi mais de trezentos anos
De escravidão gravosa,
Seriamente criminosa
Filha dos brancos insanos
Os governos desumanos
Viviam a negociar
Almejando arrecadar
Imposto pelo malfeito
A força do preconceito
Nunca parou de matar.

O preto negociado
Precisava ser medido
Se acaso fosse vendido
Também seria pesado
A semelhança do gado,
Levado para matar,
Somente de mencionar
Abre ferida em meu peito
A força do preconceito
Nunca parou de matar.

Havia terríveis brigas,
Pelo tráfico de escravos,
Com poderosos conchavos
Para sanar as intrigas
Tal comércio ergueu as vigas
Para o Brasil se firmar
Ao ponto de interditar
O preto no beco estreito
A força do preconceito
Nunca parou de matar.

Depois de tanta batalha
Alcançaram a liberdade
Do campo até a cidade
Nunca corrigiram a falha,
Pois o sistema atrapalha
Do preto se levantar
Travando o seu caminhar
Para não ser escorreito
A força do preconceito
Nunca parou de matar.

Você que tanto crítica,
Aquela Bolsa Família,
Mas não fala de Brasília
Vivendo a tosca política
A sua forma analítica
Prevê o pobre afundar
Da sarjeta ao lupanar,
Ainda mais satisfeito
A força do preconceito
Nunca parou de matar.

A região nordestina
É bastante criticada
Por não votar na cambada
Como a parte sudestina
Que vota em gente assassina
Disposta a nos massacrar
Quando resolve falar
Não diz nada de proveito
A força do preconceito
Nunca parou de matar.

Ver a mulher ganha menos
Fazendo a mesma função
Que desempenha um "machão"
São perigosos acenos
De pensamentos pequenos
Difíceis de transformar
Porque se nega igualar
Quem produz o mesmo efeito
A força do preconceito
Nunca parou de matar.

Se você vira sua cara
Vendo um transexual,
Esta postura boçal
Notadamente escancara
De maneira muito clara
Condição rudimentar.
Digna de você mudar
E aprender ter respeito.
A força do preconceito
Nunca parou de matar.

Quando uma pessoa agride
Ao profissional do sexo
Deixa evidente complexo
Que dentro de si reside
Um desejo que incide
No seu internalizar
Começando a projetar
"Tudo quanto não aceito"
A força do preconceito
Nunca parou de matar.

Por sua capacidade
De ofender algum gay
Seja punido na lei
Até posto atrás da grade
Tamanha barbaridade,
Ninguém pode tolerar.
Deixe o outro paquerar,
Transar ao seu gosto e jeito
A força do preconceito
Nunca parou de matar.

Descubra porque maltrata
Destilando indiferença
Esta sua fúria imensa,
Por favor, veja se trata
Intimamente combata
Seu eterno condenar,
Aprenda administrar
Seu evidente trejeito
A força do preconceito
Nunca parou de matar.

Caso aviste algum mendigo
Não seja como um tirano
Ele também é humano
Apenas não tem abrigo
Senão puder ser amigo,
Solidário e lhe ajudar,
Não tema se aproximar
Sem colocar um defeito
A força do preconceito
Nunca parou de matar.

Sua hipocrisia condena
Aquela bonita dama
Que a levou para a cama
Depois crítica sem pena
Esta sua fingida cena
Feita para se amostrar
Termina por revelar
Suas peripécias no leito
A força do preconceito
Nunca parou de matar.

Os vindos de outro país
Quase jogados as traças
São vítimas de ameaças,
De brasileiros hostis,
Na maior parte imbecis
Querendo se aproveitar
De quem veio aventurar,
Humilhar jamais receito
A força do preconceito
Nunca parou de matar.

Os pátrios criam motivos
Para tantas divergências
Impasses, incoerências
Uns com outros abusivos
Querendo criar cativos
Do vestir ao conversar
Desejando extenuar,
Qualquer empregado eleito,
A força do preconceito
Nunca parou de matar.

Só sabe atacar o fraco
Em detrimento do forte,
De certo possui um porte,
Daquele somente o caco
Tem o pensamento opaco,
Difícil de suportar,
Quem ama sacanear,
Ao mais sofrido rejeito,
A força do preconceito
Nunca parou de matar.

Caso veja algum idoso
Refém do pior adulto,
Desferindo aquele insulto
Combata a este asqueroso
Senão de crime culposo,
Nós podemos lhe acusar.
Senão conseguir cessar
A injúria do suspeito,
A força do preconceito
Nunca parou de matar.

No Brasil a gente sabe:
Preto morre em homicídio:
Desde o gueto ao presídio,
É sempre onde mais lhe cabe.
Lutemos até que acabe,
Esta forma singular
De perseguir, rotular:
No profundo desrespeito,
A força do preconceito
Nunca parou de matar.

No dia da Consciência
O preto está trabalhando,
Invés de reivindicando,
O final da violência
E também da truculência,
Da Polícia, no abordar,
Outros gostam de atirar
Em quem não é nem suspeito
A força do preconceito
Nunca parou de matar.

Cito o caso de uma empresa
Com cem colaboradores
Só cinco trabalhadores
Pretos nos dão a certeza
Da chama medonha acesa
Do racismo no lugar,
Caso tentem me provar
Do contrário, eu não aceito
A força do preconceito
Nunca parou de matar.

Preto não está na lista
Das posições de comando,
O branco vive mandando,
Da mesma forma racista.
Quem é da classe elitista
Deseja subjugar
E sofre por encontrar
Algum preto satisfeito
A força do preconceito
Nunca parou de matar.

Portanto você repense
Cada gesto de aspereza
Melhore, tenha grandeza,
Afinal só o bem vence
Ninguém no mundo convence
De forma rudimentar,
Pois quem sabe ignorar,
Sabe a maldade do feito
A força do preconceito
Nunca parou de matar.

Voto não tem preço tem consequência

Eleitor abra essa mente
Para aprender a ciência:
Conhecida por Política
Atrelada a consciência
Do voto que não tem preço,
Mas enorme consequência.

Nessa questão, meu Brasil
Vive no tempo remoto.
Naufragado em desrespeito
Instalado porque noto:
Muita gente se vendendo
Para um comprador de voto.

O dono do mau caráter
Não merece ser eleito
Quem suborna o cidadão
Se vende do mesmo jeito
Provando-se um canalha
Indigno de estar no pleito.

A sociedade deve
Percorrer caminho correto
Cultivar máxima atenção
Criminoso sofrer veto,
Pois quatro anos ruins
Causam flagelo completo.

Uma consciência crítica
Esclarece, compromete
Nesse jogo democrático
O cidadão bom se mete
Para se evitar dar chance
Aquele que só promete.

Eleitor inconsciente
Dificilmente ele apura
A vida do candidato
Se ele conserva a lisura
Ainda mais vende o voto
A nojenta criatura.

Ganhar um pleito comprado
É querer governar mal
Desviar nosso dinheiro
Da escola, do hospital.
O votante vira cúmplice
Desse larápio imoral.

Na disputa se escancara
O poder de cada escândalo
Candidato prometendo
A fina essência do sândalo
Quando ele muitas vezes
Jamais passou de um vândalo.

Existem vários países
Que acabaram com isso
Para ser político neles
É assumir compromisso
De prestar ao povo todo
O melhor do seu serviço.

O requisito primeiro
É sem dúvida ser honesto
Combater os malfeitores
Na prática de cada gesto
Servir aos fragilizados
Procurando ser modesto.

Já no Brasil ter mandato
É sinônimo de nobreza
De privilégio, de pompa
Acesso escuso a riqueza
Enricar mais facilmente
Só ganhando na moleza.

Alimentar a certeza
Do cartel da regalia
Prestígio, fama, poder
Com infame garantia
Atrelada a imunidade
Parlamentar que angustia.

O vereador quer ser
Muito em breve deputado
Ao se tornar abre o olho
Já enxergando o senado
Os espertalhões desejam
O governo do estado.

Quem só almeja o mandato
Quase sempre é perigoso
Só tem apego ao poder,
Ao dinheiro, é presunçoso.
Capaz de vender os pais
No projeto mentiroso.

No Brasil está sobrando
O político carreirista.
É assustador o número
Do plantel de vigarista
Cada um pensando em si
Com seu projeto egoísta.

Se você achar algum
Pautado pela verdade
Defendendo o bem do povo
É a maior novidade
Sem comprar nem se vender
Pode crer, é raridade.

O político verdadeiro
Antes de tudo respeita
Resguarda a soberania
Age de forma escorreita,
Nem quer dinheiro roubado,
Combate a coisa mal feita.

Exercer cargo eletivo
Vai além da competência,
Porque deve ser regado
Pela água da decência
Ser tão claro quanto a luz,
Cultivar a transparência.

A nossa população
Precisa ser mais eclética
Preferir o coletivo
Sem olhar só a estética,
E tornar indissolúvel
A justiça com a ética.

Tanta gente criminosa
Eleita, está resguardada
Pela tal imunidade
Completamente blindada,
Às vezes quando investigam
Quase sempre dá em nada.

A falta de retidão
Só prejudica a política
Desmoraliza na prática
Torna a situação crítica.
Os lacaios só aumentam
Senão fazem autocrítica!

Sobram as reclamações
Na política brasileira
Porque existem votantes
Fazendo tanta besteira
Reelegendo os canalhas
Metidos em roubalheira.

Eleitor honre o seu nome,
Muito mais se valorize
Tenha objetivos claros
Pense melhor, priorize
Ao achar seu candidato
Conheça bem, analise.

O voto é quase sagrado
Portanto, inalienável
Proporciona a mudança,
Poderosa, incomparável.
Direito personalíssimo,
Um bem inegociável.

Negaram por várias décadas
Esse direito sublime.
Os negadores sabiam
O peso do seu regime
Da importância do voto
Contrário a prática do crime.

O voto é uma máquina
Contra os ladrões do erário
Em sua força se encontra
A cassa do salafrário
Quem usa bem tal poder
Não é chamado de otário.

Essa arma é poderosa
Em qualquer democracia
Por isso que ao manejá-la
Aponte-a com maestria
Para fazer do Brasil
Centro de grande harmonia.

Cidadão tenha certeza:
Por este poder tão raro
Muita gente no passado
Pagou o preço mais caro
A fim de ofertar o título
Que hoje lhe dá amparo.

Descubra aquele envolvido
No monte de falcatrua
Querendo a reeleição
Agindo de forma crua,
Dê um pé na bunda dele,
Ponha no meio da rua.

É esse o poder do voto
Daí não venda a ninguém
Tampouco aceite um exame
Só porque isto convém.
Pois este bem passageiro
Pode virar mal também.

Nas Casas Legislativas
Na cassação de mandato
O fisiologismo impera
Rato defendendo rato,
Mas na urna, numa tecla,
Possui um grande aparato!

Ao refletir sobre isso,
Confesso, me congratulo
Pela importância do voto
Nem obrigado eu anulo.
Na cassação de bandido
Cada vez mais me articulo.

A propaganda danosa
Deixa o eleitor descrente:
Satanizando a política
Como imprópria ao decente.
Isso só visa mantê-la
Mais afastada da gente.

Ao difundir esse equívoco
Quem discorda até suspira
Por ver a desfaçatez
Encharcada na mentira.
O pobre largado a esmo
Do rico que só conspira.

Qualquer nação escorreita
Pautada pela decência
Sabe como se constrói
Na base da coerência
Das políticas sociais
No combate a violência.

O voto oferta a quem vota
Um grande empoderamento
Porque por ele se pode
Anular-se o sofrimento.
Construir outro amanhã
Livre do menor tormento.

O voto é batalha justa
No combate a safadeza
É pensar no coletivo,
Não acumular riqueza,
Defender a igualdade,
Em qualquer uma natureza.

Todo vendedor de voto
Atenta contra a lisura,
Do processo eleitoral
Cometendo uma loucura
De condenar brasileiros
A viver sem ter cultura.

Com o saco de cimento
Você conserta a guarida
A calçada e o banheiro
Duma tapera querida,
Porém perde a condição,
De melhorar sua vida.

É muito comum o jovem
Às vezes pedir chuteira,
Ao candidato imbecil
Que só pensa na carreira,
Depois esquece do esporte
Como se fosse besteira!

Doam camisas aos times:
Onze pessoas compradas
Nisso as verbas esportivas
São por eles desviadas
Só vota em edis assim
As pessoas alienadas!

Quando você ganha o óculos
Poderá ler o seu nome.
Enxergar até melhor,
Mas a verba o outro come.
Remediou a visão,
Porém vai morrer de fome!

Qualquer edil carreirista
Quer apenas ser eleito
Atrás de galgar poder
Pelo pensamento estreito.
Um sujeito ajuizado
Não vota neste sujeito.

Você pode melhorar
Vendido pela consulta
Depois ao ver um político
Esculhamba, agride, insulta,
Porém esquece que a classe
Do seu caráter resulta.

A coisa pública dispensa
Todo assistencialismo,
Se por um lado não deve
Viver de paternalismo
Deve-se extirpar do meio
O mal do fisiologismo!

ELE
NÃO

Vender voto é assinar
À venda da consciência
Cair na lama dos porcos
Estragar toda existência
Trocar sua autonomia
Pela vil inconsequência.

Entre os poderes políticos
Existe muito bandido
Precisando ser cassado,
Pois lugar de pervertido
É residir na cadeia,
Pelo crime cometido.

Democracia não bate
Com falcatrua, cinismo
Se nela inexiste espaço
Reservado ao banditismo
Tampouco para a mentira
A mãe do clientelismo.

Quem negocia seu voto
Ao certo perdeu a cuca
O comprador sem pensar
Coloca a mão na cumbuca.
Além de ser desprezível
Tal postura deseduca.

Qualquer edil salafrário,
Nunca investe na escola
Quer escravizar a todos
Prendê-los numa gaiola,
Contudo quem se educou
É livre, ninguém controla.

Eleitor nós precisamos
Levar seriamente o caso
Votar bem em cada pleito
Considerando o seu prazo
Um mandato sem projeto
Causará enorme arraso.

O eleitor quando é crítico
Analisa a conjuntura
Se acaso tiver caráter
Ao errado faz censura
Contra proposta maldosa
Assume clara postura.

Pesquisa a vida de todos
No processo se esclarece
Se a pessoa é o do bem
Digna conforme merece
Ter o voto ou o desprezo
Quem analisa, conhece.

O político analfabeto
A si mesmo prejudica,
Quase sempre equivocado
Fingindo que sabe fica
Enquanto só ferra o povo
Seu patrimônio duplica.

Por defender um partido
Ninguém deve ser fanático
Nem ter posição xiita
Ou agir feito um lunático.
Busque trilhar na verdade
Sendo coerente e prático.

Qualquer sigla partidária
Deverá ter a decência
De fazer o bem comum
Uma história de abrangência
Respeitando o coletivo
Evitando incoerência.

Todo ser desinformado
Na burrice se aliena,
Só o seu partido presta
Para conduzir a cena
Já o partido dos outros
Além de mangar, condena.

A falta de formação
Faz o povo votar mal
Sem conhecer os meandros
Da conjuntura atual
Quem discursar mais bonito
Vira o político ideal!

Diversas vezes não passa,
De velhaco mentiroso
Fala mansa, come quieto
Racista, cínico, orgulhoso
Desonesto, enganador,
Traidor, falso, danoso.

O descompromisso impera
Nos conchavos do país
A escassez de projetos
Trazem terríveis perfis,
A violência é um deles
Que deixa o povo infeliz.

Repare os países pobres
De todo o Terceiro Mundo
Tem desnutrição de sobra
O desespero é profundo.
Por faltar governos sérios
O lamaçal é fecundo.

Esses fatos só aumentam
O poder da ignorância
O povo fica apolítico
Só desejando a distância
Esse assunto relevante
Tratado sem importância.

Toda pessoa bondosa
Deve combater o carma
Com a melhor consciência
Esse gatilho desarma
Apontando direitinho
Seu voto como uma arma.

Ao vir inescrupuloso
Tornando-se candidato
Faça campanha contrária
Ao perfil daquele rato
A fim de não conseguir
Alcançar algum mandato.

Demos um salto gigante
No passado ano dois mil
Devido à lei aprovada
Contra a política imbecil
Que fez da compra de voto
Um crime em todo o Brasil.

Quem pleiteia cargo público
Mas corrompe um eleitor
Pela lei, passou ser visto,
Como insano malfeitor.
A vítima desse suborno
Denuncie ao promotor!

Com esse amparo legal
Se for provada a denúncia
Cassa-se a candidatura
Pela devida pronúncia
Antes de ganhar o pleito
É obrigado a renúncia.

Legalmente se acabou
O lugar dessa baixeza.
Por isso a lei deve ser
Aplicada com firmeza
No combate a impunidade
Dessa maldosa esperteza.

O eleitor corrompido
Pode chamar a polícia
Filmar o corruptor
Ou espalhar a notícia
Se fizer a gravação
Prova-se com a perícia.

De político sem vergonha
Perca toda a complacência.
Precisamos de limpeza
Ética, lisura e decência
Para a lei valer de fato
Participe com urgência!

Podemos pausadamente
Mudar essa conjuntura,
Conduzi-la ao patamar
Pautado pela lisura
A fim de futuramente
Ver-se melhor estrutura.

Em prol de um bem comum
Todo mundo se filie
Na luta contra a pobreza
Trabalhe, sempre angarie.
A prática de coisa errada
Sem medo algum denuncie!

Essa nação gigantesca
Só coisa linda merece:
Um esforço concentrado
A favor de quem padece.
Guardar o erário público
Da maldade que acontece.

Trocar de partido sempre
É fazer picaretagem
Ou buscar conveniência
Querendo levar vantagem.
Eleger um "troço" desse
É se perder em bobagem.

Várias opções políticas
Tem se tornado as piores
Com os picaretas soltos
As trambicagens maiores
As condições de trabalho
A cada dia menores.

Declare guerra aos safados
Ou falsos de opinião,
Que vivem atrás de prêmios
Para o seu bolso ladrão.
O lugar que eles merecem
É justamente a prisão.

Alguém sem convicção
É pouquíssimo confiável
Todo líder sem palavra
Quase sempre é detestável
Na política nem se fala,
É muito mais deplorável.

Com políticas sociais
Facilmente até supera
Os problemas mais gritantes
Criando uma atmosfera
De melhoria constante
A favor de quem espera.

O voto deve ser dado
Quando inspira confiança
Porque ele é o caminho
Garantidor da mudança
A proteção mais segura
Em prol de adulto e criança.

O político só engana
Se o povo for ignoto
Para votar num infame
Confiança alguma boto
Porque ele vai zombar
Do poderio do seu voto.

Por isso é muito importante
Que todo eleitor entenda
Como a mudança só vem
Desde a cidade a fazenda
Pela garantia do voto
Depositado sem venda.

A política deve ser
Um projeto de nação
Onde a primeira coluna
Se apoia na educação
Único caminho apontado
No rumo a revolução.

Se viver dessa maneira
Um país nunca progride
Ao contrário nos direitos
E nos erros reincide
Nesse caminho o Brasil
Tão bonito só regride.

Na história brasileira
Parece ter um mister
Na matéria de exclusão
Tratou de forma qualquer,
O grande potencial
Competente da mulher.

Quando a mulher tem espaço
A comunidade anda
Leva tudo muito a sério
Aquilo que ela comanda
Tem um maior rendimento
Diante a qualquer demanda.

ELE NÃO

A mulher é progressista,
Investe mais na cultura
Trata bem do bem comum
Além de melhor postura
Sem contar maior cuidado
Em prol da infraestrutura.

A mulher sempre reparte
Tem princípio solidário
Compreende o drama humano
Quer o mundo igualitário
É contrária ao preconceito
Defende melhor salário.

A mulher por natureza
Tem seu espírito sensato
Procura ser democrática
Conduz melhor o mandato
Ver-se aptidão maior
Está comprovado o fato.

Elas são a maioria
De eleitoras do Brasil,
Portanto é bom respeitar
Esse grupo varonil
Para mostrar-se arrojada
Mais lutadora e sutil.

Busque sempre a consciência
Como o caminho perfeito
Vereador, deputado,
De senador a prefeito
Também para presidente
Ao votar, vote direito.

Democracia ferida

A partir de dois mil e dezesseis
Nossa Carta sofreu uma rasura,
Quando deram um golpe de Estado
Num estado terrível de loucura,
Com políticos nefastos, sem caráter
Implicados na falta de lisura.

O fantasma feroz da ditadura
Tem desprezo pela democracia
O impeachment fizeram sem razão
Baseado somente em fantasia
Alegando as famosas pedaladas
O Congresso aceitou esta anarquia.

Pois Aécio este rei da covardia
Fez a jura, só foi Dilma ganhar:
"Eu perdi a disputa, isto é verdade,
No entanto jamais vai governar."
Ele nunca engoliu sua derrota
Pelo fato de não saber jogar.

Em seguida tratou de articular
O seu plano macabro de poder.
Retirar a esquerda do comando
Colocando a direita sem dever.
De conluio com Eduardo Cunha
Fez a Câmara inteira propender.

Quando Dilma negou-se a interceder,
Pelo Cunha e salvar o seu mandato.
Deputado que sempre jogou sujo
Recorreu sem pudor, ao aparato,
E pautou o impeachment por vingança
Atitude propícia do insensato.

Desejando frear a Lava Jato
Foi formada a maior conspiração.
Para tantos salvarem a própria pele,
No escândalo, maior que o mensalão.
Decidiram tirá-la do caminho
Sem motivo, só por descaração.

Ajuntaram-se as cobras da nação,
Amparados por Eduardo Cunha.
Muito embora não comprovassem nada,
Na perícia de conta e testemunha.
Afastaram conforme o combinado,
No complô para o qual se predispunha.

Michel Temer, o vice ganha alcunha,
Conhecida por todos de vampiro,
Imitando ao senhor Pôncio Pilatos
Ao lavar suas mãos disse: "Eu conspiro",
Sua estirpe parece ser de Judas,
É o nome mais próximo que sugiro.

É por isto que a culpa só transfiro
Para quem desejou ser presidente,
Não fez nada em prol de salvar Dilma
Por estar envolvido totalmente,
Só querendo estancar a Lava Jato
Com Romero e a corja delinquente.

Assumiu de maneira deprimente
Como fazem os maiores vigaristas.
Quem votou a favor daquela farsa
Recebeu toda alcunha de golpistas
Sustentando a mentira deslavada
Na fileira cruel de oportunistas.

No poder, esses neoliberalistas
Começaram a cortar investimento
Justamente nas áreas mais sensíveis
Inserindo o Brasil em um tormento,
Piorando a vivência dos mais pobres
Quando vai procurar um tratamento.

Fez os cortes, tirou do orçamento,
Porque conta com plano de saúde.
Convenceu seu Congresso fisiológico
A votar na tremenda ilicitude,
Mas se acaso algum pobre adoecer,
É melhor reservar o seu ataúde.

Comprovou-se a total incompletude
Quando os áudios vazaram na imprensa
Com Michel implorando ao empresário
Para nunca cortar a recompensa,
Que se o Cunha abrisse sua bocarra
A República daqui seria suspensa.

A política ficou ainda mais tensa,
No projeto das classes elitistas
A reforma terrível de Michel
Retirando os direitos trabalhistas
Condenou operários brasileiros
A perder boa parte das conquistas.

As propostas são quase escravagistas
Mesmo assim conseguiram aprovação.
Ante o quadro político desastroso,
O marasmo desta população
Permitiu um governo descarado
Conturbar o trabalho e a relação.

Desespero, sem dúvida, na nação
Com a classe política desgastada
Nisto abriram a cancela para um asno,
Que ascendeu na medonha disparada.
Resolveram prender Luiz Inácio
E a vereda ficou mais aplainada.

Seu discurso de gente amalucada
Encontrou uma enorme ressonância.
Um fenômeno de massa irracional
Respaldado em total ignorância,
Este homem, além de um burro nato
Revelou-se um poço de arrogância.

Propensão à real beligerância,
Defendendo armamento e preconceito,
De matar quem encontra pela frente
Só depois perguntar, se é suspeito,
Mas o povo aplaudindo esta sandice
Incutiu que o maluco era perfeito.

Uns milhões não pensaram a respeito,
Embarcaram numa onda vexatória,
Colocando o país nas mãos de um doido,
Pois além de não ter boa memória.
Desconhece a política econômica,
Isenção diplomática e oratória.

Nós ficamos sem ter escapatória
Sob a égide de um ante-estadista
As ideias beirando a Idade Média
A postura nefasta de um nazista,
Negação de holocausto e ditadura
Ancorado na fonte mais fascista.

Homofóbico, misógino e racista,
Inimigo total da inteligência,
Ominoso, aquém, inapto ao cargo,
Pela falta total de competência.
Desempenha a função sem entender
O que é exercer a presidência.

Acabou com a nossa Previdência
Porque fez a reforma mais insana
Isso é próprio da falta de pudor
Pendurada na mente mais tirana.
Defendendo uma ideia mentirosa,
Os direitos do povo alguém afana.

Na desculpa de economizar grana
Os mais pobres só tem pagado o pato,
Quando correm atrás de algum direito
Ao invés, de cuidado, vem maltrato,
Mesmo assim há diversos defensores
Apesar da tragédia do mandato.

Sorrateiro, não sabe ser cordato,
É avesso a lhaneza dos deveres.
O princípio real da isonomia,
Harmonia bonita, entre os poderes.
É cercado, por gente, duvidosa,
Sem contar a pobreza de saberes.

A milícia é um dos seus prazeres,
Submisso ao poder americano,
Rebaixou a grandeza da nação
Ao ferir o princípio soberano.
"É terrível um país tão gigantesco,
Governado por um miliciano."

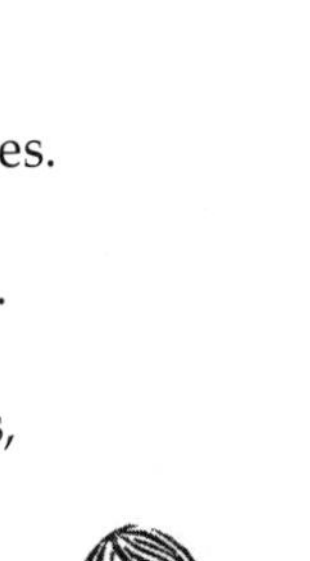

ELE NÃO

Todo líder, de fato, faz o plano
Só pensando no bem do seu país
Não divide, igual tem dividido,
As ideias mais toscas do infeliz.
Liderança se exerce com ternura.
Sem fazer ameaças com fuzis.

Não queremos formar os dois Brasis
Como, às vezes, tem quase, sugerido,
Afinal todo líder generoso,
Dia e noite deseja o povo unido.
Tem por base a força da igualdade,
E procura amparar o mais sofrido.

O contrário não seja perseguido,
Todos tenham direito a moradia.
Cada filho empregado ganhe o pão,
Segurança, trabalho com harmonia,
Já nos chega de crime se espalhando
Com o Estado fazendo covardia.

Um país em total democracia,
Governado por boa liderança.
Um amigo do livro e do saber,
Dando exemplo maior de esperança
Um amante da arte brasileira
Sobre a qual deposita confiança.

Equilíbrio com justa temperança
Esmerado na boa Educação
Incentiva a pesquisa científica
Valoriza a notável produção.
Se alegra com o filme onde o Oscar,
Por um tris, quase fica em sua mão.

Que celebra com outro cidadão,
Sumidade, no meio da Cultura,
Tem apreço ao grande Paulo Freire,
Engrandece a nobreza da figura,
É capaz de aplaudir um adversário
Premiado pela literatura.

Quem não é magnânimo a essa altura
Não merece gerir um Continente.
Nem sequer pode estar no Parlamento
Por tratar-se de um cargo eminente
É indigno de ser um senador,
Imagine tornar-se o presidente.

CONGRESSO DA SACANAGEM

A semelhança do clube
Mais famoso do país,
Muitos fazem um teatro,
Nas encenações mais vis.
Porque possuem atitudes
Tenebrosas e hostis.

Dos perfis dos congressistas,
Dá medo até chegar perto.
Oitenta e um membros fazem
Cada negócio encoberto.
Ao ponto do ambiente,
Ser insalubre, por certo.

Abram nosso Parlamento,
Permitam a sociedade
Entrar na casa do povo
Conforme a sua vontade
Se o povo lhe dá de tudo,
Por que negar-lhe a verdade?

O Senado brasileiro
Com a Câmara Federal
Nesta nação constitui
No meio institucional
O Poder Legislativo
Chamado bicameral.

Temos quinhentos e treze
O número de deputados,
Eles representam o povo,
Nos partidos filiados.
Oitenta e um senadores
Representam os Estados.

A Câmara tem por dever,
De receber a demanda.
Depois transformar em leis
Sem nenhuma propaganda.
O presidente da casa
Produz a pauta e comanda.

Está subdividida
Em diversas comissões,
Onde cada presidente,
Tem por atribuições:
Convocar os deputados
E propor as discussões.

Primeiro nas comissões,
Devem fazer o debate.
Se as forças desiquilibram
Aprovam-se o disparate
Vence quem possui mais votos
E é melhor no combate.

Cada projeto de lei,
Possui o seu relator.
Que vai acolher ideias,
Formar o fio condutor
Botar e tirar artigos
Conforme a coisa se impor.

Quem relata, deve ser,
Alguém de muita abertura,
Para aproveitar propostas,
Da mais horrenda figura,
Caso ajude no processo
Deve ter esta postura.

Depois de ouvir seus pares,
Preparar seu relatório.
Colocando as linhas mestras
No momento decisório
Apresentá-lo em debate,
Que pode ser predatório.

O projeto deve ser
Discutido em comissão,
Onde cada membro pode
Propor uma alteração
Ao ponto de transformá-lo
Numa lei para a nação.

Quem não aceita mudança
Caso tenha a maioria
Briga pela aprovação,
Impondo-se a minoria.
Vendo isto me interrogo:
Isto é democracia?

O governo tendo base,
Aprova cada loucura.
Perdoa parlamentar,
Defensor da ditadura.
Que se coloca a favor,
Da infâmia da tortura.

Tem as audiências públicas
Nas quais o povo acolhido
Pode falar sobre o tema
Embora não seja ouvido
Afinal quem não tem voto
Seu peso é pouco aferido.

Nem sempre é bem recebido
Quem tem um ponto de vista
Diferente dos ricaços
Quando querem uma conquista.
Com dinheiro adoça a fala
Da lábia de um lobista.

Um cheque gordo na frente
Pode abrir qualquer porteira,
Porém só tendo a palavra
Levará não e canseira.
Infelizmente é a prática
Da política brasileira.

Somente os perseverantes
Persistem nas suas propostas
Enfrentam batalhas árduas
Sendo as pessoas dispostas
Nunca param de insistir
Até acharem respostas.

São as pessoas mais íntegras,
Também as mais lutadoras.
Que enfrentam as poderosas
As piores transgressoras,
Em alguns casos mais graves
Afrontam as mais ditadoras.

A Câmara deverá ser
O local mais democrático
Regido por um limite
Seguido de modo enfático,
Não pode ter nos seus quadros,
Nem tirano e nem fanático.

Sob a pena de perder
Os espaços mais sadios,
Incorrendo no perigo
De embrenhar-se em desvios
Trilhando pelas veredas
Feitas nos meios sombrios.

Não somente os deputados
Na Câmara podem propor
Porque tem uma abertura
Facultando ao eleitor
Recolher assinaturas
E ser seu propositor.

O que se vota na Câmara,
Depois é encaminhado.
Para também discutir,
Pelos membros do Senado,
Que podem manter intacto,
Ou ser de fato alterado.

O Senado tem por meta
Aprimorar o projeto
Visando dar equilíbrio
Caso pareça incompleto
É a função desta casa:
A revisão no trajeto.

Compete ao Legislativo,
Realmente legislar.
Outra função inerente
É a de fiscalizar
Para que o Executivo
Consiga se controlar.

Sendo feita alteração
Volta a Câmara novamente
Para a nova votação
No plenário, é evidente.
Será o melhor sistema?
Ou menos eficiente?

Só dois países no mundo:
Brasil e Estados Unidos
Possuem estas Duas Casas
Por elas são arguidos.
Mediante um custo altíssimo,
Projetos são discutidos.

Separadas e ligadas
Exercem a nobre função:
A Câmara dos Deputados
Propõe a tramitação
E o Senado Federal
É a casa da revisão.

A frente do seu trabalho,
Tem a própria presidência
Que pauta quais os assuntos
Entrarão por competência.
Em debate nas sessões,
Por relevância e urgência.

Os presidentes das duas
Administram milhões
De reais no orçamento
Canais de televisões;
Polícia Legislativa,
E residem em mansões.

Tem os aviões da FAB
Postos à disposição.
Caso algum queira voar
Por esta grande nação.
Seja a trabalho ou passeio
É pago pelo povão.

Segurança em sua porta
Protegendo-o de ataque
De uma pessoa revoltada,
De empurrão ou de um baque,
Pois dependendo da ira
Não há ninguém que aplaque.

É difícil mensurar
O tanto de mordomia
Concedida aos políticos
Beirando quase a orgia
Do transporte ao paletó,
Da mudança, a moradia.

Plano de saúde eterno;
Material de escritório,
Passagem área constante.
Neste imenso território,
Morrendo ainda não gastam
Com despesa do velório.

Por isto quem se elegeu
Nunca quer largar o osso,
Pois tem carne de primeira
Da perna até o pescoço
Porém na fruta política,
Ao povo, resta o caroço.

Quando se juntam os dois
É Congresso Nacional
Fazem a sessão conjunta
Prevista em lei federal.
Às vezes votam no bem
E outras vezes no mal.

Dentro dessas duas casas,
Há muitos interesseiros.
Só defendendo a si mesmos
Como os ricos fazendeiros.
Empresários poderosos,
Militares e usineiros.

Legislando em causa própria
Tem na Câmara e o Senado
Com poder aquisitivo,
Muito bem articulado
Tudo quanto se apresenta
A rigor é aprovado.

Nas costas de quem trabalha
Infligem o maior suplício:
Retiram seus dez direitos
Em troca de um benefício,
Para os ricos, às benesses,
Para os pobres, sacrifício.

Como nunca deram ao povo
Por que mantém a blindagem?
Contudo blindar político
Considero uma bobagem,
Pois parece concessão
Para fazer sacanagem.

Mudar as forças políticas,
É um preito necessário.
Uma divergência equânime
Contra o fascismo diário.
No Congresso surja algum
Protorrevolucionário.

Enquanto o povo mais pobre
Só votar na burguesia
Continuará sofrendo
A falta de moradia.
Será vítima de Congresso
Amante da covardia.

ELE
NÃO

PERFIL DO ELEITOR BRASILEIRO

Vê-se o perfil do político
Brasileiro muito mal,
O eleitor vai na mesma
Diametralmente igual.
Neste negócio complexo
O Congresso é o reflexo
Do eleitor nacional.

O resultado é chocante
Da análise do perfil
Da massa do eleitorado
Pela distinção sutil.
Entre eleitor e político
Entende-se o lado crítico
Deste gigante Brasil.

Ninguém suporta perder
Um caminhão de dinheiro.
Para canalhice solta
No projeto eleitoreiro.
Entretanto, quem precisa
Recorre na cara lisa
Ao jeitinho brasileiro.

Deseja penas maiores,
Rigorosas quanto enfáticas.
A lei atingindo a todos,
Usando modernas táticas,
Quem exige punições,
Caso ache as condições
Transgride as melhores práticas.

Os edis recebem verba
Como auxílio moradia,
Julgamos ser uma lástima
Manter tanta regalia.
Porém se tivesse um jeito
De ganhar esse direito
Qualquer um receberia.

Os maus exemplos constantes
Deixam a pessoa patética.
Porém ninguém descobrindo
Julga quase que profética.
Sem lembrar que o seu gesto
Faz nascer um desonesto,
Pela negação da ética.

Se os políticos daqui
São os aproveitadores,
É bom fixar na mente
Nós somos seus eleitores:
Com seus rompantes abruptos
Por votarmos em corruptos
Temos os mesmos valores.

O candidato escolhido
Por legenda ou maioria
De votos válidos nas urnas
Contra, é claro, a minoria.
O circo pegue ou não fogo
É parte inerente ao jogo
Chamado democracia.

Um grupo pode escolher,
Qualquer edil desonesto.
Sem ninguém nele votar,
Como forma de protesto.
A regra posta nos guia:
O peso da maioria
Impor o fardo no resto.

Ver-se na sociedade
Nessa máxima decisão
Pela escolha se revela
O reflexo da nação.
Com tantos edis astutos
Dão a conhecer os frutos
Das mãos da população.

Esperneia, briga, xinga
Qualquer um apaniguado
Que o político coloca
Naquele emprego sonhado.
Incompetente e sem brilho,
Porém se fosse o seu filho
Você ficaria calado.

Mostra-se radicalmente,
Contra horríveis sacrilégios,
Dados a quem tem mandato
Porque beira aos sortilégios.
Mas se acaso recebesse
Talvez nem se ofendesse
Com diversos privilégios.

O motorista, no carro
Da família tem cuidado.
Se pega o da prefeitura
Corre feito um condenado.
Afirmando: — Não é meu
Com dinheiro meu e seu
O veículo foi comprado.

Fala da grana gastada
Na verba da gasolina,
Mas abastecendo o carro
Da empresa determina:
Inflacionar mais o preço,
Com o perigoso começo
Do roubo que se combina.

Aquelas gordas diárias
Que todo político tem.
O funcionário critica,
No entanto quer também.
Superfatura a corrida
Do táxi, hotel, comida
Como falar de alguém?

Ao sair de carro próprio
Para melhor segurança
Dos filhos nessa viagem
Não é autoconfiança;
Sai facilmente da linha
Não botando a cadeirinha
Adequada da criança.

Esculhamba o traidor
Das nossas regras gerais
Se um agente lhe para
Quer justificar-se mais.
Sabendo como merece
Punição, mas oferece
Algum suborno aos fiscais.

Depois abre sua bocarra,
Contrária sobre propina,
Sendo pego no flagrante,
Você nem se amofina:
Disposto a sair ileso
Paga para não ser preso
Traindo o que tanto ensina.

Odeia aquele político
Pela lei desrespeitada,
Mas sua habilitação,
Lá no Detran foi comprada,
Sem fazer prova nenhuma
Sem aprender coisa alguma
Vem agora com piada.

Corajoso denuncia
De forma até meritória
O parlamentar ganhar,
A verba indenizatória,
Contudo aonde trabalha,
Quando a segurança é falha,
A mão grande faz história.

De maneira perspicaz
Convence pelo discurso.
Mesmo vivendo a procura,
De amealhar recurso.
De modo facilitado
Como o filhão aprovado
Pela fraude, no concurso.

Afirma não suportar
Político fora da linha.
Entretanto, pega um palmo,
Do terreno da vizinha.
Parabéns pelo reclame,
E gostar da prática infame,
Da conhecida boquinha.

Vejo tanto cidadão
Agindo de modo incrível
Pela argumentação clara
Contra o inadmissível.
Depois fico estupefato
Vê-lo atrás de candidato
Mendigando combustível.

Estranha tanto os políticos
Porque podem viajar
A cada fim de semana
Sem um só real gastar.
Sempre critica o complô,
Mas já entrou no metrô
Muitas vezes sem pagar.

O peso da contundência,
Facilmente se resulta
Em nada porque falácia,
Inescrupulosa insulta.
Na infração comprovada,
Paga para ser tirada
Da carteira, aquela multa.

Ninguém suporta escutar
Quando um infame mutila
A grana dos cofres públicos,
Na postura mais tranquila.
Contudo perde o direito,
Quando quer dar o seu jeito
De passar alguém na fila.

De qualquer político eleito,
É ótimo exigir postura,
Para respeitar o povo,
Ser honesto, ter lisura,
Porém levar troco errado
Do pobre caixa enganado
É de fato ter candura?

Voltar somente se o troco
Faltar nessa transação.
Por acaso é o correto,
Aproveitar-se do irmão?
Quem se faz usurpador,
Não me venha, por favor,
Criticar corrupção.

Ao perceber a pessoa,
Distraída, perder grana.
Não avisá-la de nada
Pior, fingir ser bacana
Pisando em cima da nota
Cale essa boca idiota
Não critique outro sacana.

Acho bonito, admiro
Quem não faz nada suspeito,
Gritar contra os impostos
Ser cidadão de respeito.
Entretanto se sonega,
Seu argumento trafega
Pela falta de conceito.

Já o dono de comércio,
Sente o imposto pesado,
Não se adéqua no ramo,
Termina sendo multado.
Livra-se, paga propina,
Com esta prática fulmina
O seu discurso ensaiado.

Censura a quem tem mandato,
Caso pense apenas nele,
Ao vê-lo no meio da rua,
Xinga, aponta o dedo, é ele,
No entanto o seu problema,
É envolver-se em esquema,
Imitando aos passos dele.

Tem auxílio-paletó
Para ajudar na beleza
Impensável nesses tempos
É sem dúvida uma safadeza
Esse despropósito enorme,
Mas não cuida do uniforme
Recebido na empresa?

Foro privilegiado,
Esta benesse angustia,
Se acaso virasse um deles
Diga sem hipocrisia.
Ou se tornar mentiroso,
Este direito acintoso,
Você renunciaria?

Às vezes surge no bairro,
O ser humano engajado.
Servindo a comunidade,
É solícito e dedicado.
Em cada luta se insere,
Contudo você prefere,
Vender-se para o safado.

É fácil encontrar escândalo
Atribuído ao alheio
Só basta entrar na política,
Para agir de modo feio.
Do eleitor que mais briga,
Quando a polícia investiga,
Acha sujeira no meio.

ELE NÃO

Critica tanto os desvios
De verbas monumentais,
Obras que mudam valores
Em milhões adicionais.
Porém no seu orçamento
Tem superfaturamento
Inexplicável demais.

Acusador de partido:
"Já mergulhou na demência"
Esse fulano ou cicrano,
Tem promovido falência
É semelhante ao abutre
Fala mal, depois se nutre
Nas águas da indecência.

É possível discutir
Apoio parlamentar.
Sem render-se ao capital,
Nem tampouco se sujar.
Eleitor que vende voto,
Não pode ser um devoto
Da moral sem praticar.

A pessoa de condições
Receber o benefício,
Ofertado aos mais pobres,
Comete flagrante indício.
De pilantra desonesto,
Para não falar do resto
Inerente ao malefício.

Caso ainda não possua
Exigir a preferência?
Será o mau-caratismo
Ou falta de coerência?
Como pode ter coragem,
De tentar levar vantagem,
É no mínimo incoerência.

O menor contribuinte
É capaz de ter um surto:
"Meu político é acusado
De tudo quanto eu não curto."
No entanto essa energia
Gastada de noite a dia
Provém do gato e do furto.

Agride sem piedade
Ao político salafrário.
Sonega a conta da água
Gasta além do necessário.
Nesse caso a sua afronta
Retorna dentro da conta
De furtador ordinário.

Fica morrendo de raiva
Se o parlamentar exibe
As vantagens do poder
Passeando no Caribe.
Porém se você pudesse
E se acaso o dinheiro desse
Faria o que a lei proíbe?

Sua crítica muitas vezes
É cortante feito adaga,
Já no estacionamento,
Ao ego medonho afaga
Sendo insensato, arrogante
Desrespeita ao cadeirante
Ocupando a sua vaga.

A pretensa autoridade
Às vezes anda esnobando.
Caso a polícia lhe pare
Termina manifestando:
O orgulho e a presunção
Na clássica interrogação:
Sabe com quem *tá* falando?

A classe política tem
Noventa dias de férias,
Tamanha imoralidade,
Mantém diversas misérias.
Contudo no seu serviço
Revela o descompromisso
Relaxando em coisas sérias.

Reclama desse sistema
Excludente, vil, grosseiro.
Entretanto na empresa
O seu Deus é o dinheiro
Explorando sem ter pena
Rouba, fica rico, encena
De ser um patrão ordeiro.

Seu desejo de igualdade,
Parece muito robusto.
A queixa do parlamento
Pelo inominado custo.
Enquanto você progride,
Seu empregado regride
Por ter um patrão injusto.

Ao falar mal dos gestores
Pressupõe-se compromisso.
Levar vantagem em tudo
Sem notar o erro nisso:
Usurpador, salafrário
Escraviza o funcionário,
Acha normal fazer isso?

Incrimina indignado
O praticante do roubo.
Entretanto tendo a chance
Faz semelhante de bobo?
Mete a faca, se aproveita
Nem a si mesmo respeita
Como quer um mundo probo?

Ávido nas colocações
Mesmo errado, não recua.
"Nossa praça está largada,
Ninguém cuida e nem atua."
Depois você não conserva
É hipócrita, não preserva
Jogando lixo na rua.

Esculhamba o seu governo
Pela verba desviada.
Porém seu carro quebrando
Com a cara deslavada,
Recorre numa hora dessa
Atrás de encontrar a peça
Sem procedência, roubada.

Para existência da peça,
Pressupõe-se o ladrão,
No processo necessita
Mesmo a receptação.
O insolente age assim,
Sem vergonha e pede o fim
Da velha corrupção.

Se puder pegar na goela
Daquele que tanto abusa
Do erário da nação
Faça de forma profusa.
Portanto nunca se meta
Em conchavos ou mutreta
Para obter coisa escusa.

Contra o aproveitador
Você se mostra raivoso.
Ao apontar os defeitos
Parece maravilhoso.
Ao entrar no coletivo
Vira aquele morto vivo
Naquele lugar do idoso.

A rodovia limita:
Só pode até cento e vinte.
Pisa fundo em disparada
Considerando um requinte.
Excepcional, esperto
Errando e achando certo
O seu perigoso acinte.

É vetado dirigir
Falando no celular.
Você o atende tranquilo,
Digita e ousa filmar
Ainda escreve mensagem
Diante da sacanagem
Julga-se mesmo exemplar?

Promete de acompanhar
Cobrando e sendo atuante
No mandato do político
Para não ser vacilante.
Contudo não se corrige
Bebe cachaça, dirige
Criminoso no volante.

A política é uma ciência
Nascida da confiança
Entre eleitor e eleito
Numa segura aliança.
Daí ver-se o resultado
Refletir de cada lado
Uma enorme semelhança.

CONVERSA DO CATADOR DE LIXO COM O PREFEITO

Seu prefeito eu vim aqui
Para ter uma conversa
Dizer tudo quanto penso
Dessa política perversa,
Cansei de só ser a vítima
De prática tão adversa.

A população imersa
No lixão, lembrando o gado
Diferente do senhor
Protegido, engravatado,
Pela falta de honradez
Parece contaminado.

Tenho vivido jogado
Sofrendo sem merecer.
O seu viver confortável
Comparado ao meu viver
É o mar cheio de rosa
Já o meu, só padecer.

Prefeito sobreviver,
Esquecido é ser herói,
Há milhares relegados,
Cujo desprezo corrói
Tentando alcançar progresso
E o poder público destrói.

Ser aprisionado dói
Ainda mais quem carrega.
A culpa pela pobreza
É do rico que nos nega
Uma ascensão social
Entre o pobre não trafega.

Você ao luxo se apega,
Mas para os pobres nem liga
Contra os nossos catadores
É maldoso, arruma intriga
Dificulta essas pessoas
Botarem o pão na barriga.

Vemos a questão antiga
Vindo à tona na campanha
Vão ao lixão prometendo
De caviar a lasanha.
Após perder ou ganhar
Portam-se de forma estranha.

Nenhum político se acanha
De contar tanta mentira,
Fazendo várias pessoas
Se alimentarem com ira
Ao ponto de o colocarem
Na mais perigosa mira.

Qualquer sem juízo atira,
Em um ser que só promete.
Não pense que babaremos
Ou jogaremos confete
Receber parte da esmola
Tirar foto e ser manchete.

Há quem puxe o canivete
Ouvindo tanta promessa
Alimentando a disputa
Em frente a pouca remessa
De protesto e de coragem
Contra uma maldade dessa.

Canalhice tem a beça,
Espalhada no caminho.
Cada um foi esquecido
Deixado no seu cantinho
Lá nós somos solidários,
Ninguém padece sozinho.

Enchemo-nos de carinho
Contra a desumanidade.
A falta de tudo leva
Ao pão da fraternidade
Ao respeito pelo outro
Ternura, amor e bondade.

Sem dizer leviandade
No lixão é diferente:
Apesar do padecer
O amigo é mais presente
Não invejamos grã-fino
Trapaceiro e delinquente.

Mesmo excluindo a gente
Do padrão vida moderna
Amamos nossa nação
Como sendo pátria eterna
O país não é culpado
Pela terrível baderna.

A vivência subalterna,
Opressora faz refém
Sem saúde parte a míngua
Pela educação aquém
Dos níveis mais desejados
Não nos deixar ir além.

ELE
NÃO

Doença terrível tem
Contaminado criança
A desnutrição flagela,
Sequestrando a esperança
Vê-se um sistema voraz
Indigno de confiança.

Para a prática de matança
Surgem vários marginais
Por haver calamidade
Entre as classes sociais
Renegando as condições
Pelas vias estruturais.

Seus filhos nos lamaçais
Padecem constrangimento
Um pai de família bom
Transforma-se em violento
Na falta das condições
De comprar seu alimento!

Daí pega um armamento
Estando desesperado:
O primeiro quando encontra
Termina sendo assaltado
Para alimentar o filho
Certamente esfomeado.

Reconheço como errado
Roubar ou fazer um furto,
Porém faltando comida,
Em casa, embora eu não curto
Qualquer ser humano pode
Num instante ter um surto!

Gastador ou manicurto,
Passar fome é coisa séria
Entre esse povo sofrido
Tanta prática deletéria
Por conta da ignorância
A madrasta da miséria.

Enquanto isso, em matéria,
Seja administrativa,
A política brasileira,
É ridícula, improdutiva.
Só muda a cara do ator,
Porém a trama é nociva.

A narração aflitiva
Nadando em demagogia
De centenas de políticos
Amantes da hipocrisia
Seus caldeirões de maldades
Distribuem-se a cada dia.

Prolifera a covardia,
No local a onde eu moro
Há tempos trabalho lá
Defendo aquilo e adoro.
Vocês explorando a gente
Afirmando: "Eu não exploro."

Claro que nunca ignoro
O meu direito também
Vou exigir tratamento
Sem descaso, nem desdém.
Dinheiro se tem de sobra
Nós sabemos muito bem!

Prefeito quando convém
O senhor se compromete
Com o povo mais sofrido
Em toda eleição se mete,
Entretanto, nunca cumpre
Nada do que nos promete.

Igual bola de basquete
À gente vive jogado
Feito o lixo em caminhão
Diariamente amassado,
Por favor, não nos visite
Caso tema ser linchado.

É algo cristalizado
Essa peleja diária
Sem enfrentar as questões
Como da reforma agrária,
Apesar de sobrar grana
Na sua conta bancária.

A mudança necessária
Da gente não chega perto
Nós moramos nos lixões
Totalmente a céu aberto
Cheio de adversidades
Trilhando caminho incerto.

Somente a vida do "esperto"
Neste Brasil se melhora.
As nossas nos seus mandatos
Drasticamente piora,
Bote a mão na consciência
Da política caia fora.

Nossa alma grita, chora
Pelo peso da batalha
Em busca de melhorias
Tentando corrigir falha.
Da politicagem solta,
De um sistema canalha.

A cruel politicalha
Massacrando incomplacente
Falou que levava água,
Porém nem passou na frente,
O sonho com a energia
Continua muito ausente.

Mentindo cinicamente,
Corre da gente qual lebre.
Prometeu-nos doar casas
Retirar-nos do casebre
Entretanto, nunca cumpre
Seu ordinário da febre.

Eleitor nenhum celebre,
Seu rosário de mentira.
O povo não é mais bobo
Ao nosso ego não fira,
Pois político mau caráter,
Quem presta não admira!

Canalhocrata prefira,
Não passar onde resido
Senão quer por todos nós,
Do lixão, ser constrangido
Tenha o mínimo de vergonha
Deixe de ser um fingido.

Pelos meus pares revido,
Tanta falta de respeito,
Do trabalho que fazemos,
Evite tirar proveito,
Pois se depender da gente
Nunca será reeleito!

Pode abandonar o pleito,
Digo pelos catadores.
Você sempre valeu pouco,
E estes parcos valores,
Parecem ser regra básica
Na história dos gestores.

Hoje os nossos moradores
Colocados no escanteio,
Pelo mau planejamento,
Maltrato maior nos veio
Sofrendo nos quatro anos
Sem encontrar outro meio.

Viver com tanto aperreio
Não quero aguentar isso,
Porém não somos culpados,
Mas você tem culpa nisso.
Devido a sua canalhice
Com falta de compromisso!

Um ser desprezível, omisso,
Só fazendo tirinete
Abandone esta luxúria
Saia deste gabinete
Feito com dinheiro público
Chique feito um palacete.

Temendo eu ter um porrete,
Preferiu ficar calado,
Escutando o desabafo,
Deste eleitor revoltado.
Se foi respeito ou cinismo
É algo a ser desvendado.

O político tarimbado
Sabe fingir muito bem
Para dar uma impressão
Que razão o outro tem
Por dentro de si pensando:
"Eu não respeito ninguém".

Como pode um país como o Brasil Governado por um miliciano?

Como foi que esse povo brasileiro,
Se deixou enganar por este engodo?
Da sujeira política, o maior lodo,
Porém posa de grande justiceiro.
Com passado cruel de um cangaceiro
Falastrão, violento e desumano
É um líder covarde, cujo plano,
É armar sua milícia com fuzil.
Como pode um país como o Brasil
Governado por um miliciano?

Desejando ganhar aquele pleito
Planejou o seu próprio bangue-bangue,
Inventou a facada sem ter sangue
Para a fake ele sempre arranja um jeito.
O projeto macabro foi perfeito,
Comoveu para o voto qual arcano
Dos debates fugiu, já se ufano,
Que a vitória viria com este ardil
Como pode um país como o Brasil
Governado por um miliciano?

A nação destinada a ser potência
Escolheu este homem sem preparo
Muito inepto, inapto, é ignaro,
Um fracasso em cultura e competência.
Afinado com a torpe virulência
Aprecia o maléfico e o tirano
Sua fala é de bala, tiro e cano.
Cada gesto pequeno, quanto hostil.
Como pode um país como o Brasil
Governado por um miliciano?

ELE NÃO

Na cabeça tão pobre de estrutura
Falta massa ideal para este cargo,
Pensamento tão débil quanto amargo,
Defensor mais esdrúxulo da tortura.
Negador da Covid, que loucura.
Declarado cristão, mas é mundano
Um vendido, lacaio americano
Lambe botas do Trump, um servil
Como pode um país como o Brasil
Governado por um miliciano?

Deputado do Rio de Janeiro,
Produtor de notícia mentirosa,
E a cidade real, maravilhosa,
Nunca teve um projeto verdadeiro
Porque ele embolsou o seu dinheiro,
Ou doou para o crime suburbano,
Quem votou neste ser padeceu dano,
Mequetrefe só pensa em seu redil.
Como pode um país como o Brasil
Governado por um miliciano?

Sua boca parece aquela fossa
Quando abre despeja tanta merda,
Sua prole, da mesma forma, herda
O estrume daquela triste troça
Se o pai proclamar sua corja endossa,
Segue os passos do crápula veterano,
Na cagada o pai já é decano,
Com a família milica e varonil
Como pode um país como o Brasil
Governado por um miliciano?

O Brasil fora Líder Mundial,
Entretanto se ver muito isolado,
É devido seu povo ter votado
Neste verme, ridículo e boçal.
É um grosso, sem massa cerebral,
Incapaz para ser um soberano
Em matéria de fraco, um oceano,
Em grandeza, pequeno quanto vil,
Como pode um país como o Brasil
Governado por um miliciano?

Um governo nanico e desastroso
Assassino, calhorda, tão sinistro,
Uma trupe medíocre de ministro
Com um grupo maior de mentiroso,
Para o campo tem sido venenoso,
Só piora, meu Deus, a cada ano
Sem projeto, de fato, é um engano,
Oprimindo este povo tão gentil,
Como pode um país como o Brasil
Governado por um miliciano?

Governança na base de ataque
Aos direitos das nossas minorias,
Aos pobres, ofensas, covardias
Ao fazer toda espécie de achaque
O seu gado enganado feito a claque
Que venera o vaqueiro suserano
Sem notar como nunca fora sano,
Não percebe a maldade no perfil
Como pode um país como o Brasil
Governado por um miliciano?

ELE
NÃO

Esse homem precisa ser parado
Para a gente cessar tanta agonia,
Cada morte por esta pandemia,
Não há dúvida, que ele é o culpado,
Afinal se tivesse coordenado,
Como fez cada líder de tutano,
Com certeza teria menos dano
Entre jovem, idoso e o infantil.
Como pode um país como o Brasil
Governado por um miliciano?

Se você por acaso errou no voto,
Por favor, seja grande se arrependa,
O impeachment urgente já defenda
Porque é a saída que hoje eu noto.
Análise, não seja seu devoto,
Para não se tornar um leviano
Defenestre este torpe ser humano,
Que o lugar deste ser é num covil.
Como pode um país como o Brasil
Governado por um miliciano?

O Brasil escolheu um presidente
Incapaz de fazer o que é preciso,
Desprovido de senso e de juízo
Este incauto, é contraproducente
É instável, só pode ser doente
Não se porta como um palaciano
Descortês, não sabe o que é ser lhano
Se não for um maluco, é pueril.
Como pode um país como o Brasil
Governado por um miliciano?

O sujeito é misógino e racista,
Opressor declarado da mulher
Defensor do estupro a quem quiser,
Sem contar que é um terraplanista
Tem a prática frequente de fascista,
Mussolini é seu ídolo italiano,
Seu guru conhecido é outro insano
Outro tóxico pior que Chernobyl
Como pode um país como o Brasil
Governado por um miliciano?

O momento exige uma postura
Precisamos tomar séria atitude,
O falsário já não mais nos ilude,
Pois caiu sua máscara, nessa altura.
O seu flerte frequente a ditadura
Denuncia a tendência de tirano,
É urgente parar este inumano,
É precípuo frear este imbecil.
Como pode um país como o Brasil
Governado por um miliciano?

Alameda nas redes sociais:
Site: www.alamedaeditorial.com.br
Facebook.com/alamedaeditorial/
Twitter.com/editoraalameda
Instagram.com/editora_alameda/

Esta obra foi impressa em São Paulo na primavera de 2021. No texto foi utilizada a fonte Palatino Linotype em corpo 10,8 e entrelinha de 13 pontos.